그럴싸—한 오늘

그럴싸 —— 한 오늘

글·그림 안또이

늘픔

그다지 오래 산 편은 아니지만, 지난 시간을 욕심으로 꽉 채우며 살았다. 눈곱만치라도 완벽에 가까운 사람이 되려고 말이다. 타인에게 칭찬도 받고 싶고 스스로에게 인정도 받고 싶었다. 뭘 그렇게 받고 싶은 게 많았을까? 많은 걸 받아내 품 안에 끌어안고 있어야 완벽해지는 줄만 알았다. 하지만 지금은 아주 잘 안다. 품 안에 뭐가 있어도 완벽해지지 않는다는 걸. 완벽해지려고 애쓰지 않아도 된다는 걸. 굳이 완벽한 사람까지 될 필요는 없다는 걸.

받기보다는 주려고 해본다. 나에게 여유를 주고, 타인에게 사랑을 주기로.

이제는 너그러워지려고 한다. 조금은 못났지만 제법 봐줄 만하다고. 그리고 꽤 훌륭하다고.

그럴싸한 사람이 되어 그럴싸한 오늘을 살고, 그럴싸한 사랑을 품어 그럴싸한 인생을 만들어보려는 애틋한 과정을 그렸다.

그럴싸한 인생을 위하여!

감사한 날에,
안또이

PART 1   그럴싸 —— 한 사람

적당히 멋진 이름을 스스로에게 붙여주자

PART 2 그럴싸 ─ 한 오늘

무사히 보낼 힘은 있으니 이 얼마나 다행인가

PART 3 그럴싸 — 한 사랑

사랑은 무한하고 시간은 유한하다

PART 4 그럴싸 — 한 인생

나는 오늘도 코딱지만 한 성공의 조각들을 모은다

PART 1
그럴싸 — 한 사람

적당히 멋진 이름을
스스로에게 붙여주자

인싸도
아싸도 아닌,
그럴싸

인싸와 아싸라는 말이 생겨난 뒤로, 마치 인싸의 무리에 들지 못하면 낙오자가 되는 것 같은 사회 분위기가 조장되기 시작했다. SNS에서는 각종 데이트 코스부터 음악, 음식 등 취향과 관련된 모든 것들까지 인싸 문화에 잠식당했고, 사회 문화 활동에 적극적이지 않은 사람은 아싸로 분류된다. 아싸로 불리기 전까지는 아싸가 아니었던 이들, 아싸라는 이름이 붙여진 모든 이들은 인싸가 되기 위해 노오력해야만 하는 시대가 도래하고 말았다.

뼛속부터 내향인인 나는 명확하게 아싸다. 금요일 저녁 떠들썩한 사교 모임에 나가는 것보단 집에서 조용히 요리를 하는 게 더 좋은 것뿐인데. 모임 자리에 못 나가는 게 아니라 안 나가는 것뿐인데! 그게 뭐 잘못인가?

사회생활을 할 때에도 사람들에게 싹싹하고 말도 잘하는 외향인들은 인싸라며 추앙받았고, 내향적인 사람들은 아싸로 전락해 버렸다. 그렇게 나 또한 인싸가 되기 위해 인싸라면 응당 들어야 하는 음악, 인싸라면 응당 봐야 할 영화, 인싸라면 응당 가봐야 할 전시 등등을 기웃거렸다. 그런데 이걸 어쩌나. 나의 모든 세포는 인싸 문화에 적응하지 못해 길길이 날뛰기 시작했다. 그래도 아싸 되기는 싫어 회식 자리에선 괜히 활발한 척 화제를 던지기도 하고, 노래방에선 응당 인싸라면 불러야 할 신나는 가요 따위를 불러도 봤다. 영혼 없이 흔들리는 탬버린과 함께 나의 동공 역시 쏟아져 내릴 듯 흔들리고 또 흔들렸다. 그렇게 사회생활용 배터리가 처참하게 방전된 채 집으로 돌아오면 침대에 풀썩 쓰러져 버리길 반복하는, 자본주의가 낳은 가짜 인싸가 되고 만 것이다.

지금 이 시간에도 떠들썩한 술자리에서 인싸 코스프레를 하다가 혼자 화장실 변기에 앉아 한숨을 고르고 있을 가엾은

가짜 인싸들이여. 우리를 새롭게 명명하자. 아싸는 너무 슬픈 이름이니, 적당히 멋진 이름을 스스로에게 붙여주자. 인싸도, 아싸도 아닌 그.럴.싸라고!

하고 싶은,
되고 싶은

"이모는 커서 뭐가 될 거야?"

"이모는 다 컸어."

"그럼 이모는 뭐가 된 거야?"

인터넷에서 본 이 대화 때문에 한참을 웃었다. 글쓴이 역시 어릴 땐 뭐가 되고 싶다는 장래희망이 있었을 것이다. 나 또한 어릴 땐 마냥 화가가 되고 싶었다. 하지만 결국 월급날이 가장 즐거운 일개 회사원이 됐고, 글쓴이 역시 회사원 비슷한 것이 되지 않았을까. 무엇이 되고 싶다는 소망은 이뤄지지 않았고 무엇이 됐냐는 어린 조카의 질문에 허탈하게 웃을 수밖에 없는 이 현실. 웃프다.

'무엇이 되고 싶다'는 소망이 아닌 '무엇을 하고 싶다'는 소망이 있었으면 어땠을까? 화가가 되는 게 꿈이 아닌, 그림을 그리는 게 꿈인 사람은 장래희망이 실패할 확률이 거의 없지 않은가. 그렇다면 조카의 질문에 "화가는 안 됐지만 그림은 그리고 있어"라고 말할 수도 있고 말이다.

꿈이 있다면 '되고 싶다'보다 '하고 싶다'로 말해보기로 한다. 되고 싶다는 소망은 운명에 몸을 맡기는 것만 같지만, 하고 싶다는 소망은 그저 실천하면 되니까. 그렇다면 한 발짝 더 꿈에 가까워질 수 있지 않을까.

뚜렷한 사람

대학생 때 재미있는 친구를 만났다. 거의 매일 브이넥 티셔츠와 짧은 치마를 입은 채 여기저기 뛰어다니는 키가 작은 친구였는데, 그 친구는 유독 보라색과 파란색을 좋아했다. 웃을 땐 박수를 치며 '하!' 하고 고개를 젖히는 버릇이 있었다. 누가 봐도 그 친구는 자신만의 색깔이 뚜렷하고 인상적이어서 모두가 그 친구를 좋아했다. 나 역시도 그 친구를 참 좋아했고, 1학년 초반엔 매일 꼭 붙어 다녔던 기억이 난다. 그 친구가 좋았던 이유는 셀 수 없이 많았지만 유독 좋았던 점은 그 친구와 이야기를 하다 보면 이야기가 끝 없이 디테일해져서 몰입감이 대단했다는 것이다. 한 시간만 같이 있어도 재미있는 이야깃거리는 넘쳐났다. 고작 점심 메뉴를 고르는 대화조차도 그 친구와 하면 남달랐다.

'햄버거를 먹기 싫은 이유 다섯 가지를 말해보자.', '햄버거에 들어 있는 토마토를 먹을 때와 그냥 토마토를 먹을 때가 다른 이유를 말해보자.', '토마토를 말이 아니라 표정으로 표현할 수 있을까?', '토마토라는 단어를 표현할 수 있는 표정 세 가지를 만들어보자.'

그 친구는 모든 사물, 행동, 사건을 디테일하게 파고드는 습관이 있었다. 의미 없이 지나치게 수다스럽다고 생각할 법도 하지만, 나는 그 친구의 색다른 시야와 관점에 묘한 쾌감을 느꼈다. 너무 평범해서 그냥 지나칠 법한 일상도 그 친구 앞에서는 재미있는 놀이거리가 되곤 했다. 그렇게 주변을 디테일하게 파고들다 보면 그 평범한 일상에도 다채로운 색깔이 입혀졌다.

그 친구는 언제나 무엇을 설명하더라도 대충 설명하면 안되고, 할 수 있는 최대한 뚜렷하고 명확하게 설명해야 한다고 강조했다. 특히 나 자신의 감정과 생각에 대해서는 그 누구보다도 잘 표현해 낼 줄 알아야 한다고 말이다. 기분이 괜히 울적한 날에 내가 "기분이 별로야"라고 말하면, 그 친구는 왜 기분이 안 좋은지 찬찬히 뜯어보고 제대로 설명해 보라고 말했다. 덕분에 나는 내가 처한 상황과 지금 느끼는 기분에 대해 스스로 점점 더 집요하게 생각해 볼 수 있게 됐다. 내가 좋아하는 게 뭔지, 내가 싫어하는 게 뭔지, 난 뭘 할 때 기분이 좋아지는지, 난 어떤 사람이 좋은지. 디테일하게 생각하는 버릇을 들이다 보니 나는 꽤나 주관과 취향이 뚜렷한 사람이 되어 있었다. 그때 그 친구처럼 말이다.

지하철이 지상으로 올라와 한강 위를 달리기 시작하면, 때 맞춰 틀 수 있는 자신만의 음악이 하나쯤은 있어야 한다고 그 친구덕에, 나는 지하철 3호선을 탈 때마다 음악 한 곡을 재생한다. 10년이나 지났지만 여전히 잔상이 뚜렷한 했던 그 친구를 생각하며 말이다.

내가 나를 알아야지.

그래야 안 잃어버리지.

마음의 그릇

간장 종지와 커다란 항아리에 물 한 방울씩을 떨어뜨리면
어떻게 될까. 아마 간장 종지는 물방울을 튀겨내느라 제대로
담지도 못 할 거고, 커다란 항아리는 미동도 없이 모든 물방울
을 차곡차곡 담아 어느새 물 한 가득을 꽉 채울지도 모른다.

작은 일에도 난리법석 허둥대는 사람이 있고, 큰일에도 평
정심을 유지하며 무덤덤한 사람이 있다. 둘 중 하나를 고르자
면, 당연히 후자가 되고 싶다. 아마 대부분의 사람이 그렇겠지.
얇고 가벼운 사람보다는 깊고 무거운 사람이 더 매력적이고

안정적이니 말이다.

무덤덤한 사람은 무슨 일이 생겨도 당장 감정부터 드러내지 않는다. 차분하게 상황을 살피고 큰 그림을 만든다. 이런 침착함이 준비되어 있으려면 담대해야 하고 마음의 여유도 필요하다.

사람 마음속에 저마다 그릇이 하나씩 있다면 나는 어떤 그릇을 가지고 있을까. 누군가는 유리로 된 간장 종지를 갖고 있어서 언제든 쉽게 깨질 수 있을 것이며, 또 누군가는 강철로 된 간장 종지를 갖고 있어서 깨지진 않지만 담아낼 수 있는 게 많지는 않을 것이다. 아마 누군가는 커다란 항아리를 갖고 있어서 마음이 푸근하고 여유 있을지도 모르며, 또 누군가는 밑이 빠진 항아리를 갖고 있어서 겉으로 보기엔 여유 있어 보일지라도 속은 줄줄 새고 있을지도 모른다.

내 마음속엔 어떤 그릇이 있을까? 눈을 감고 상상해 보니 그다지 큰 것이 보이지 않아 눈을 번쩍 떴다. 허허허.

어른답게
나이 먹기

이젠 확실히 어리기만 한 나이는 아니구나, 확실하게 느끼고 있다. 서른하나. 적다면 적고 많다면 많은 애매한 나이. 그러나 내 몸은 확실히 안다. 나이 들고 있음을.

이젠 머리카락을 한 번 들출 때마다 흰 머리가 대여섯 가닥씩 보이고, 일일이 다 가위질하기엔 힘에 부쳐서 어느새 포기했다.

이젠 밤을 새는 것도 불가능하다. 마감에 쫓겨 3일 동안 하루 두세 시간 쪽잠을 잤던 적이 있다. 마감 당일, 고열과 몸살이 쏜살같이 찾아와 나를 괴롭혔다. 그 뒤로는 아무리 일이 많아도 하루 네 시간 이상은 꼭 자려고 노력한다.

먹는 것도 조심해야 한다. 엽떡 따위는 어린 친구들이나 먹는 거다. 잘못했다가는 위경련으로 요단강 하이패스 통행권을 끊을지도 모른다. 술도 예전처럼 못 먹는다. 폭음을 했다가는 하이패스 통행권 없이도 요단강으로 순간이동 가능이다.

광이 번질번질하던 내 피부도 이젠 퍼석퍼석, 기름 대신 나이를 먹고 탄력을 잃어간다. 눈가 피부가 얇아지며 없던 쌍꺼풀도 생기고 있다.

나이 들어가는 몸을 말하자면 한도 끝도 없다. 나이를 먹긴 먹느라 몸도 참 피곤하겠다 싶다. 몸이 아닌 다른 것들로 말해도 끝이 없지만 몇 개 꺼내 봐야겠다.

낙엽 구르는 것만 봐도 웃음보가 터진다는 사춘기 시절과는 정 반대로 낙엽 구르는 걸 보면서 눈물 지어본 적이 있다. 최근에 마트를 가다가, 문득 길바닥에 나뒹구는 낙엽을 보며 불쌍해서 눈물을 질질 짰다. '이렇게 될 거 알면서 왜 붉혔어, 왜! 뭐가 좋다고 볼을 붉혔어!' 따위의 꽁트 같은 생각을 하면서 말이다.

한 가지 더, 20대 후반엔 편의점에서 신분증 검사를 받을 때면 어려 보인다는 뜻으로 알고 뿌듯해했지만 이젠 다르다.

신분증을 보여 달라는 말에 '융통성 없는 알바생이군…'이란 생각을 하며 주섬주섬 신분증을 꺼낸다. 애초에 어려 보일지도 모른다는 기대감 자체도 사라진 거다. 하하하.

더 재밌는 건 이런 얘기를 친구들과 나눈다는 사실이다. 대학은 어디로 가야 할지, 어떤 오빠한테 고백을 받았는데 사귀어야 할지, 남자친구랑 여행가고 싶은데 부모님한테 어떻게 말해야 하는지 따위의 이야기를 나누던 우리가 어느새 이런 세월 가는 얘기를 하며 낄낄 웃고 있으니.

나이 먹는 실감, 썩 나쁘지만은 않다. 에너지가 넘쳐 나를 돌보지 않아도 됐던 지난 찬란했던 날들은 박수로 떠나보내고 이젠 영양가 좋은 음식과 정돈된 몸가짐으로 나를 케어해 줘야 하니, 지금 내 몸이 필요로 하는 것들을 조금씩 챙겨주기로 한다.

분노 버튼이
고장 났습니다

누구나 마음속에 분노 버튼이 있다. 타인이 이것만큼은 건드리면 안 되는 나만의 콤플렉스랄까. 내 분노 버튼은 자라면서 여러 번 바뀌었는데, 유독 심했던 분노 버튼은 바로 '외모'였다.

20대 초반, 나는 처음으로 진지하게 외모에 대한 고민을 하고, 외모를 업그레이드하기 위해 많은 시간을 쏟았다. 우리 동네만 그런 분위기였는지, 아니면 내가 눈치를 못 챘던 건지 모르겠지만, 내가 다니던 고등학교에서는 외모의 격차를 체감할 일이 없었다. 물론 예쁘고 잘생긴 애들이 종종 있어서 그들이 주목받기는 했지만, 그렇다고 해서 외모 때문에 열등감을 느낄 일은 딱히 없었다. 그런데 대학교에 입학하자마자 나는 내 외모에 대해 난생 처음으로 의구심을 갖게 됐고 그 즉시 시커먼 열등감에 사로잡혀 버렸다.

신입생 환영회나 오리엔테이션 같은 학과 행사였던 것 같다. 예쁘장하고 귀여운 여자 동기와 내가 장기자랑을 준비하고 있었는데, 선배들이 우르르 우리에게 다가와 너도나도 준비를 도와주겠다며 나섰다. 그러던 중 일부 선배들이 나와 그 동기 중에서 그 동기를 자신이 맡겠다며 서로 티격태격하기 시작했다. 그러던 중 튀어나온 한 마디.

"XX이가 예쁘잖아. 얼굴도 작고."

그 말을 듣고 그날 하루 종일 심장이 쿵쾅거렸다. 내 외모가 비난받은 건 아니었지만 나와 예쁜 애를 비교해서 가르는 말이었기에 크게 상처를 받았다. '선배들과 친해지려면 예뻐야 되는구나…'라는 이상한 결론까지 내릴 만큼.

그날 이후로 내 모든 관심은 외모로 쏠렸고, 나와 다른 사람들의 외모를 수도 없이 비교하며 나 자신을 채찍질하기 시작했다. 살을 빼기 위해 단식도 하고, 기름진 음식을 먹으면 화장실에 가서 몰래 토하기도 했다. 또 매일 한 시간씩 동네 한 바퀴를 뛰고 들어와야 잠을 잤다. 화장을 더 잘하고 싶어서 하루 종일 인터넷을 뒤져 화장법을 익혔다.

오직 나의 목표는 "예쁘다"라는 말을 듣는 것이었다. 누군가 내 사진을 찍으면 못생기게 나오지는 않았는지 엄격하게 체크했고, 예쁘게 나온 사진만 골라 SNS에 올렸다. 혹여라도 누군가가 내 사진을 보정도 안 하고 SNS에 올리면 화를 냈다. 남자친구와 데이트를 할 때도 그의 입에서 "예쁘다"라는 말이 안 나오면 또 화를 냈다. 가족 중 누군가가 항상 다이어트 하는 나를 위해 "이건 살 안 쪄"라며 다이어트 식품을 건네줄 때도 "지금 나더러 살을 더 빼라는 거냐"며 화를 냈다. 정말 내 분노 버튼은 말 그대로 온종일 'ON' 상태였다.

사실 그때 나의 분노 버튼을 누른 사람은 친구도, 애인도, 가족도 아니었다. 다름 아닌 나 자신이었다. 삐뚤어진 열등감에서 비롯된 피해의식으로 분노 버튼을 스스로 마구 눌러대고 있었다.

분노 버튼이 있다고 해서 나쁜 건 아니다. 누구나 가슴 속에 콤플렉스 하나쯤은 있는 법이고, 누군가 그걸 함부로 건드리면 자신을 보호하기 위해서라도 폭발할 수 있으니까.

그러나 기억해야 한다. 분노 버튼은 누군가가 날 상처주기 위해 있는 게 아니라, 바로 나 자신을 지키기 위해 존재한다는 것을. 그래서 가끔은 점검이 필요하다. 혹시 내가 내 분노 버튼을 누르고 있는 건 아닌지, 혹은 스스로를 좀 더 아끼고 사랑해주지 못해 고장이 난 건 아닌지.

눈빛이
또렷해야 돼

희한하게 눈빛이 또렷한 사람이 있다. 표정은 흐리멍덩해도 눈빛만은 또렷! 눈이 큰 것도 아니고 눈썹이 진한 것도 아닌데 참 희한하게 눈빛이 탁 트여 있는 사람이 있다. 그런 사람은 여러 사람들 사이에 있어도 유독 그 사람만 해상도가 높은 것 마냥 아주 선명하게 보인다.

그동안 여러 사람들을 관찰하며 느낀 건데, 평소에 말수도 없고 카리스마가 있는 편도 아닌데 유독 존재감이 남다른 사람들의 공통점은 눈빛이 또렷하다는 것이었다. 반면에 이목구

비도 뚜렷하고 카리스마가 넘치는데 눈빛이 흐리멍덩한 사람도 종종 있었다.

눈빛이 또렷한 건 뭐랄까. 인생의 목적의식이 아주 명확하고, 자긍심이 넘치고, 에너지가 가득 차 있는 느낌이랄까. 아무튼 그런 또렷한 눈빛은 한번 보면 잘 잊히지 않는다.

나도 그런 사람이 되고 싶어서 오랫동안 고민했다. 그 또렷한 눈빛이란 건 눈을 크게 뜬다고 해서 만들어지는 것이 절대 아니기 때문이다.

마치 이 세상으로 신나는 모험을 떠나온 사람처럼 세상 모든 것에 호기심을 가지고 애정 어린 관심을 둔다면 자연스레 나오는 것이 그 또렷한 눈빛이 아닐까.

그래서 나는 종종 이 세상에 잠시 놀러왔다는 망상에 젖어본다. 지금 내가 살고 있는 이 공간, 이 시간이 그저 당연한 것으로 주어진 게 아니라 내 노력과 모험심으로 가득 채워진다면 나는 언젠간 눈빛이 또렷하다 못해 레이저 빔을 뿜어낼 사람이 될지도 모르니까. 하루하루 지독하기도, 지겹기도, 아주 몹쓸 만큼 개떡 같기도 할 때도 많지만 이 또한 나의 소중한 모험이리라 생각하며 살아보려고 한다. 또렷한 눈빛을 위하여!

MBTI가
유행하는 이유

친해지고 싶은 사람을 만나면 내 소개를 최대한 그럴싸하게 하고 싶어진다.

처음 만난 사람에게 나를 설명하는 가장 쉬운 방법은 직업을 말하는 것이다. 하지만 나를 하루 여덟 시간, 길면 열두 시간 동안의 어떤 노동자로만 표현하기엔 아무래도 아쉽다. 나를 '회사원' 혹은 '작가' 따위로 설명하기엔 단어가 품은 의미가 너무나도 좁은 것 같다. 내가 무슨 일을 하는 사람인지가 아닌, 내가 '어떤 사람인지'를 설명하고 싶으니까.

그래서 고민한다. 내가 뭘 좋아하는지 말해야 할까, 내가 뭘 싫어하는지 말해야 할까. 아니면 지금 무슨 생각을 하고 있는지 얘기 할까. 초장부터 나의 세계관이나 이념 따위를 말하는 건 너무 거창하겠지.

평생의 반려자를 찾는 TV 프로그램에서도 '대기업 근무' 혹은 '변호사' 따위로 그 사람이 설명되곤 한다. 난 그게 너무 아쉽고 씁쓸하다. '안또이(31세, 작가)'보다는 '안또이(31세, 사람들이 끝까지 읽는 글을 쓰고 싶어서 열심히 사는 사람)'이라고 표현하는 게 어떻겠나 싶기도 하고. 그런데 이런 표현은 보편적으로 통용하기엔 너어무 긴데.

아마도 그래서 MBTI가 유행하는 게 아닐까 싶다. 적당히 개성이 뚜렷해야 살아남는 세상에서 16가지'씩이나' 나눠진 유형 중 하나로 날 설명할 수 있다는 건 적당히 편리하고 적당히 개성적이니 말이다.

하지만 그 마저도 INFP와 INTP 사이 어디쯤으로 날 표현하기엔 여전히 부족하단 생각이 든다. 사람은 도대체 자기 자신의 존재를 어디서부터 어떻게 설명해야 하는 걸까?

남자 1호

저는 내일 어떻게 살지보다 지금 어떻게 살지
항상 고민하는 사람입니다.
좋아하는 건 어두운 밤 산책이에요.

유리멘탈
개복치

감수성이 예민하고 감정이 풍부한 사람이라면 '유리멘탈'이나 '개복치'라고 불려본 경험이 있을 것이다. 소설책을 읽다가 눈물을 뚝뚝 떨구기도 하고, 센치한 음악을 듣고 감상에 젖어 SNS에 감상문을 올리기도 하고, 친구가 무심코 던진 말에 상처받고 몇 날 며칠을 끙끙 앓다가 폭발하기도 하는 나를 번거롭고 성가신 존재로 전락시키는 것 같은 표현이라 참으로 듣기가 싫었다.

대부분의 사람들은 감정을 드러내는 건 부끄러운 일이고,

감정이 쉽게 드러나는 사람은 성가시다고 생각하는 것 같다. 회사 생활을 할 때 더 그렇다.

언제 한번은 회사에서 동료와 트러블이 있었는데, 업무적인 범위를 넘어서 개인적인 범위까지 넘나들던 문제였던지라 나는 그 자리에서 기분이 나쁘다고 말했다. 그랬더니 그 동료가 내게 "회사에서 감정을 드러내면 아마추어야"라고 맞받아쳤다. 난 충격에 빠져 입을 크게 벌린 채 '놀라워 미쳐버리겠다'는 감정을 매우 과하게 표현했다. 아니, 직장인은 정녕 로봇이어야 한단 말인가! 이거 다 사람이 하는 일 아니었던가!

기분 나빠도 꾸역꾸역 참으면서 마음의 병 키우는 거 말고, '기분이 나쁘니 이 부분은 사과해 주시고 우리 개인적인 영역은 건들지 않는 회의 시스템을 도입해 볼까요'라고 하면 더 좋은 거 아닌가. 업무 성과가 좋아 하하 호호 웃으며 회식하는 건 되고, 업무가 안 풀려 울상 짓는 건 안 된다는 게 좀 이상하잖아.

회사에서는 적당히 그럴싸한 사람이 되기가 참 어렵다. 조금은 불편하더라도 허허 웃으며 그냥 참고 주말 내내 집에서 혼자 끙끙대느냐, 속 시원하게 할 말 다 하고 싸해진 분위기를 수습하느냐. 이 선택의 기로에서 늘 아슬아슬한 균형을 잡아야 하니 말이다.

어쨌든 회사에서 감정을 드러냈으니 유리멘탈 개복치라는 프레임이 씌워진 나는, 회사에서는 기분을 드러내지 않는 로봇이 되기로 작정했다. 그리고… 그 유리멘탈 개복치는 이 세상의 모든 굴레와 속박을 벗어던지고 제 행복을 찾아 행복하게 살았답니다!

정말
디테일하시네요

    취향이 뚜렷하다 못해 아주 디테일한 사람을 봤다. "좋아하는 노래는 반주 소리가 안 들릴 만큼 목소리가 또렷한 노래. 좋아하는 음식은 미나리가 듬뿍 들어간 꽃게탕. 좋아하는 색깔은 채도가 낮은 짙은 빨간색. 좋아하는 사람은 갈비탕 집에서 갈빗대를 손으로 들고 뜯는 사람"이라며 그 사람은 망설임 없이 자신의 취향을 술술 읊었다. 만약 나였다면 이렇게 답했을 텐데.

    "좋아하는 노래는 조용한 노래. 좋아하는 음식은 양념치킨.

좋아하는 색깔은 노란색. 좋아하는 사람은 나랑 음식 취향이 잘 맞는 사람."

취향을 저렇게까지 디테일하게 말하는 사람은 처음 봐서 신기했다. 그리고 무엇보다 멋있어 보였다. 마치 무슨 와인을 좋아하냐는 질문에 포도의 품종과 숙성 방식까지 설명하며 아주 박식하게 설명하는 사람처럼 보였다고 할까. 그녀는 자신의 취향에 대해 끝내주게 박식한 사람이 분명했다. 와, 매력적이야. 그래서 그 사람을 위해 난 갈비탕 집에서 갈빗대를 두 손으로 들고 와구와구 뜯고 싶어졌다.

칭찬을
덥석 무는 미덕

"소영 씨는 피부가 어쩜 이렇게 하얗고 예뻐? 부럽다."

"해경 씨는 목소리가 나긋나긋한 게 꼭 라디오 DJ 같다. 듣기 정말 좋아."

"어머, 정화 씨는 어른들한테도 싹싹하고 예의 바르고. 진짜 성격 좋다."

소영 씨는 피부가 하얗고, 해경 씨는 목소리가 좋고, 정화 씨는 성격이 좋다. 이것이 팩트다.

하지만 저들은 아마도 저 칭찬을 듣고도 "아니에요, 감사합니다"라고 허둥지둥 말하며 손사래를 쳤을 확률이 80퍼센트다. 누군가 칭찬을 해주면 "감사합니다"보다는 "아니에요"가 먼저 튀어나오는 겸손한 우리 민족. 도대체 누가 겸손의 미덕을 이토록이나 강요했을까? 겸손은 미덕이라지만 칭찬에 감사할 줄 아는 것 또한 미덕이다.

칭찬받는 건 언제나 기분 좋지만, 어색하고 민망한 것도 사실이다. 온 관심이 나에게 집중되고, 칭찬에 너무 좋아하는 티를 냈다가는 거만해 보일까 걱정도 되니 말이다.

하지만 칭찬해 준 사람의 성의가 무색하게 '아니'라고 부정하는 건 도리가 아니지 않은가. 뭣보다 멋이 없다. 부끄럼을 많이 타는 만만한 사람처럼 보이기도 하고 말이다.

우린 좀 더 칭찬에 뻔뻔해질 필요가 있다. 누군가 칭찬을 해주면 곧이곧대로 받아들이고 그 답례로 감사를 표하면 된다. 그뿐이다. 조금 과한 칭찬을 받았더라도, 좀 과하면 어떤가? 칭찬을 덥석 물면 그 칭찬은 진짜 내 것이 된다. 그러니 활짝 웃으며 감사히 받자.

벼는 익을수록 고개를 숙인다지만, 우리가 고개를 숙인다고 쌀밥이 되는 것도 아니지 않나. 그러니 칭찬받아 마땅한 우리들이여, 당당하게 고개를 들자.

비록 럭셔리는
아닐지라도

친구들과 종종 이런 이야기를 나누곤 한다.

"너를 브랜드로 치면 샤넬보다는 프라다에 가까워."

"너는 유니클로보다는 무인양품이야. 뭔 말인지 알지?"

"너는 확실히 러쉬 느낌은 아니야. 이솝에 가깝지."

그 사람이 가진 고유의 이미지와 느낌을 브랜드로 연결하다 보면 신기하게도 정확하게 맞아 떨어질 때가 있다. 이미지가 닮은 연예인을 찾는 것보다 비슷한 브랜드를 찾는 게 훨씬 명확하다. 신기하다.

친구들과 이렇게 브랜드와 자아를 매칭하는 놀이를 하다 보면, 타인이 보는 내 이미지와 내가 추구하는 스타일을 파악하기가 쉽다. 게다가 나와 어울린다는 브랜드가 왠지 모르게 더 좋아지기도 한다.

예상대로 내 이미지는 차분하고 소박하고 자연친화적인 느낌의 브랜드였다. 친구들 모두 격하게 공감했고, 나 역시도 폭풍 공감이었다.

이왕이면 좀 더 뻔쩍뻔쩍 고급스럽고 화려한 브랜드면 어땠을까 싶기도 했지만, 꼭 그래야만 하는 이유는 또 뭐람.

모두가 만장일치로 꼽을 수 있는 브랜드가 있는 만큼 내 고유의 느낌이 아주 또렷하다는 사실만으로도 기쁘다. 내가 나니까 좋다. 나여서 좋다.

회사에서도
그럴싸하게

회사 생활을 하다 보면 별의별 사람을 다 만난다. 각자 살아온 환경도, 배움의 정도도, 취향이나 성향도 죄다 다른 사람들이 오로지 월급을 위해 모인 집단이니, 경영자의 기대와는 달리 조화롭지 못할 수밖에 없다. 노동과 월급이라는 차디찬 수단을 지켜내기 위해 우린 조화롭기 어려운 존재들과 빙그레 웃으며 일할 수밖에 없으니, 이것 참 빡빡한 삶이다. 특히나 최소 하루 여덟 시간 이상을 붙어 있어야 하는 가까운 동료나 선후배, 혹은 상사가 나와 상극인 타입이라면, 빡빡하다는 표현으로는 부족하다. 상극이기만 하면 다행이지 정녕 또라이 같은 존재와 꼭 붙어 지내야 한다면 그것은 생지옥이나 마찬가지다.

내게도 그런 상사가 있었다. 하루도 빠짐없이 누군가의 험담을 해야만 본격적인 업무를 시작할 수 있는 분이었다. 뭐, 그분의 험담을 들어주는 것도 나의 업무이기는 했지만. 50명이 채 안 되는 조직에서 도대체 무슨 일들이 그렇게 일어나는 건지, 매일매일이 균열과 갈등이 폭탄처럼 터져대는 전쟁터였다.

'옆 팀 누구가 밖에서 얼굴 마담이라더라, 대표님은 왜 걔를 데려왔는지 모르겠다, 옆 팀 누구가 재수없게 군다, 옆 팀 누구가 앞뒤 다르게 행동하더라….'

처음엔 옆 팀 누구의 이야기뿐이었던 그분의 험담 레이더는 점차 망이 좁혀지며 우리 팀 내부까지 들어왔다.

'쟤 그렇게 안 봤는데 실망이다, 쟤 일 너무 못한다, 쟤 꼴 보기도 싫다….'

그분의 험담이 기어코 나와 가까이 지내던 동료의 험담으로까지 번지자 괴로웠다. 내가 없는 자리에서는 내 욕을 하고 있을 것도 분명했다. 아니나 다를까, 친한 동료의 메신저를 우연히 보게 됐는데, 그분과의 대화 내용에 버젓이 내 험담이 쏟아져 있었다. 맙소사.

누군가를 욕하면서 유대감을 쌓는 걸 즐기는 사람들이 있다고 한다. 사람은 극단적인 상황에서 서로의 공통점을 발견하고 공감할 때 유대감과 친밀감이 극대화된다고 한다. 자신이 가진 무언가를 내어주지 않아도 손쉽게 친해질 수 있는 방법이니, '바쁘다 바빠 현대사회'에서는 꽤나 유리한 방법일 수도. 아마도 그 분 역시 사람과 가까워지는 방법을 그렇게밖에 못 배웠을 거라고 짐작한다.

하지만 쉽게 만든 관계는 쉽게 무너지기 마련이다. 험담으로 쌓은 모래성 같은 인맥, 당연하게도 밀려오는 파도에 폭삭 무너지게 된다. 지금 그 분 곁에는 남아 있는 후배가 아무도 없다는 말을, 얼마 전 그 회사 동료 모임에서 들었다.

가까이 지내기엔 부담스럽고 멀리 지내기엔 껄끄러운 인맥이 회사에서 만난 사람이다. 애매모호하다. 그리고 더 애매모호한 건, 사람의 일엔 정답이 없다는 것이다. 이 혼돈의 카오스에서 살아남는 방법은 정신 똑바로 차리고 나만의 기준을 세우는 것 아닐까. 예를 들면 '어릴 적 교과서에서 배웠던 아주 기본적인 예의와 상식만 지키고 살자'랄지…. 적당히 그럴싸하게 말이다.

좋은 향기가
나는 사람

　내 돈을 주고 향수를 처음 샀던 날이 기억난다. 몸에서 향기가 나는 사람이 멋있어 보인다는 생각에 아무 생각 없이 백화점 1층으로 달려가 가장 익숙한 브랜드를 골랐고, 직원에게 가장 잘 팔리는 향수를 추천받아 그 자리에서 구매했다.

　남들 다 뿌리는 그 향수, 그러니까 다시 말해 '타인의 냄새'를 10만 원 넘는 거금을 들여 샀다는 사실이 지금 생각하면 우습기도 하다.

　당연히 그 향수는 내게 맞지 않았다. 아침마다 그 향수를 뿌릴 때면 오만상을 찌푸리며 숨을 참아야 했고 하루 종일 내 몸에서 나는 작위적인 냄새 때문에 머리가 지끈지끈했다. 그래도 비싼 향수를 샀으니 뽕은 뽑아야 할 것 같아 꾸역꾸역 반통이나 넘게 썼다. 대단하기도 하지.

내 스타일이나 이미지, 내 후각 취향에 맞지도 않은 베스트셀러 향수를 억지로 반 통 넘게 쓰고 나서야 깨달았다. 이건 내 향기가 아니라는 것을. 사람마다 체취나 온도가 다 달라서 같은 향수를 뿌려도 다른 향기가 난다는 것을!

어쩌면 향수를 고른다는 건 내 매력을 찾는 거나 마찬가지란 생각이 들었다. 남들이 갖고 있는 매력을 억지로 나에게 끼워 맞추면 오히려 이상해지고 추해지는 것처럼, 보편적이진 않지만 내가 가진 나만의 매력을 찾아 마음껏 발산하는 게 가장 자연스럽고 아름다우니 말이다.

그 뒤로 내게 맞는 향을 찾기 위해 여기저기 여러 가게들을 돌아다니며 향수 유목민이 되었다. 비싸고 인기 많은 향수라고 해서 마냥 좋은 건 아니었다. 오히려 유명하지도 않고 저렴한 향수가 내게 잘 맞기도 했다. 하지만 여전히 완벽하게 마음에 드는 향수는 찾지 못했다.

어쩌면 몇 년째 똑같은 것만 쓰고 있는 바디워시와 바디로

션이 이미 내 향기일지도 모른다는 생각이 문득 스쳤다. 음.
그러고 보니, 꼭 향수가 있어야만 좋은 향기가 나는 건 아니
잖아?

내 생애
첫 사치

경제적으로 여유 있게 살았던 기억이 아주 먼 옛날이어서 그런지, 난 돈 쓰는 걸 무서워하는 애였다. 대학생 때는 집안 형편이 무척 안 좋을 때라 각종 알바를 하면서 직접 용돈을 벌었었다. 한 달에 50만 원 남짓하는 알바 월급으로 통신비, 교통비를 내면 간신히 식비와 커피 값 같은 학교생활에 필요한 필수 경비가 남았었다. 그마저도 없을 땐 다이어트를 핑계로 굶거나 천 원짜리 두유를 마셨다. 돈을 아끼고 아끼며 짠순이처럼 살았다. 무엇을 하든 만 원이 넘으면 손이 덜덜 떨렸다. 난 언제나 돈이 무서웠다.

방학을 앞둔 어느 날, 그런 내 사정을 당연히 모르던 친한 동기들이 다 함께 해외여행을 가자고 했다. 부모님에게 돈을 빌린다는 친구, 부모님이 비행기 티켓을 사준다는 친구, 알바비로 여행갈 돈을 모아놨다는 친구들이 대부분이었다.

하지만 우리 집 형편은 해외여행은커녕 교통비를 달라고 하기도 어려운 상황이었다. 설움을 꾹꾹 삼키고, 당연히 그 해외여행은 포기하고 말았다.

그 이후로 언제나 내 꿈은 해외여행이었다. 직장인이 되면 가장 먼저 해외여행을 가야겠다고 다짐하고 또 다짐했다. 그리고 마침내 직장인이 된 나는 첫 월급으로 베트남 가는 비행기 티켓을 끊었다. 후. 그때의 쾌감이란! 나 스스로에 대한 대견한 마음이 마치 비행기가 이륙하는 것 마냥 쿠구궁! 하늘을 향해 치솟아 내달렸다!

사실 사회초년생 첫 월급이 얼마나 됐겠나. 비행기 티켓을 사고 며칠 묵을 호텔을 결제하니 남은 돈으로는 한 달 생활비도 빠듯했다. 하지만 내 기준에서 그 소비는 엄청나게 엄청난 사치였던 것이다.

지금도 난 그 첫 사치에 대해 단 한 톨의 후회도 하지 않는다. 돈에 대한 설움을, 그 한 방의 클릭으로 날려버렸으니 말이다. 그때 떠났던 5박 6일의 베트남 여행은 나에겐 눈물겨운 자유, 그 자체였다.

직장 생활 경력이 쌓이고 돈도 예전보다 많이 벌게 된 지금. 이제 (코로나19 바이러스만 해결되고) 시간만 있으면 전 세계 어디든 갈 수 있게 되었지만, 난 여전히 여행이 가고플 때마다 베트남 행 비행기 티켓을 산다. 나의 그 뿌듯했던 첫 사치를 추억하면서.

우아한 사람

사춘기 무렵의 나는 예쁜 사람이 되고 싶었고, 20대 초반의 나는 빛나는 사람이 되고 싶었고, 20대 후반의 나는 멋있는 사람이 되고 싶었다. 30대 초반, 지금의 나는 우아한 사람이 되고 싶다.

예쁘고, 빛나고, 멋있는 사람이라는 목표는 어쩌면 남들의 시선을 의식해서였는지도 모르겠다. 예쁘면 인기가 많을 테고, 빛이 나면 존재감이 돋보일 테고, 멋있으면 존경을 받을 테니. 아마 그런 것들을 바라면서 목표를 세웠던 것 같다.

하지만 지금은 다르다. 남들의 시선이 다 무슨 소용이란 말인가. 내 몸 하나 건사하기도 바쁜데.

그래서 되고 싶다. 고개를 빳빳하게 들고 당당하게 내 갈 길을 걸을 수 있는 사람이. 비록 흔들릴지라도 부서지거나 무너지지 않는 유연한 사람이. 힘에 부치더라도 주변 사람을 돌아볼 줄 아는 여유로운 사람이.

나는 우아한 사람이 되고 싶다.

예쁘게, 빛나게, 멋지게,
그리고 우아하게 살다가

할머니가 되면
귀엽게 살고 싶다.

우리,
대나무처럼

대나무가 하루에 30센티씩 쑥쑥 자란다는 이야기를 듣고 인터넷을 뒤졌다. 하루에 30센티면 한 시간에 1센티도 넘게 자란다는 말이 아닌가. 그렇게 빨리 자라는 식물이 존재할 수 있다니. 왠지 친하게 지내고 싶어졌다. 대나무처럼 빨리 쑥쑥 자라고 싶어서.

그런데 어떤 글을 읽고 대나무의 반전 매력에 푹 빠져버렸고, 대나무가 더 좋아졌다!

대나무는 4년 동안 자라지 않다가, 5년이 되는 해부터는 하루 30센티미터씩 쑥쑥 자라고 6년이 지나면 울창한 대나무 숲을 만든다고 한다. 다른 나무들은 여러 번이나 화려한 잎사귀도 뽐내고 꽃도 피우고 열매도 맺을 시간 동안, 대나무는 왜 아무것도 하지 않는 걸까?

사실 대나무는 준비하고 있는 것이다. 다른 나무들이 저마다 기개를 뽐내며 화려한 꽃을 피우고 열매를 맺고 있을 때, 대나무는 때를 기다리며 묵묵하게 땅속 깊은 곳, 더 깊은 곳으로 뿌리를 내리고 있는 것이다.

나에게도, 내 주변 사람들에게도 대나무 이야기를 해주고 싶어졌다. 아직 뭐가 드러나지 않는다고 해서 조바심 내지 말자고. 깊은 곳에서 잠재력이 쑥쑥 크고 있을 테니 언젠가는 눈에 띄게 성장할 날이 올 거라고. 우리, 대나무처럼 살자고.

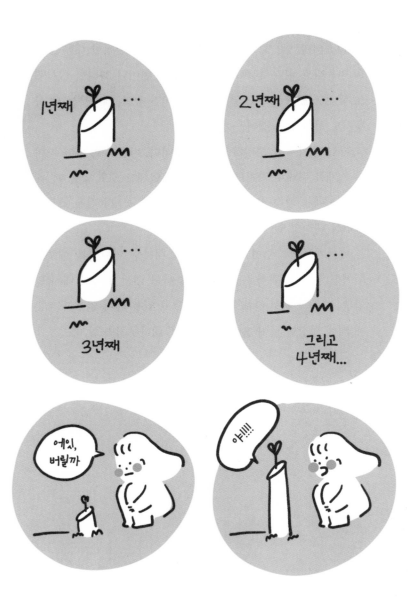

그럴싸의
비애

가까운 사람들은 내가 아싸, 아니, 그럴싸라는 걸 잘 알지만 적당히 먼 사람들은 나를 인싸라고 잘못 알고 있는 경우가 많다. 그도 그럴 것이 나는 SNS에서 꽤 활발한 편인데, 심지어 유머 글 같은 걸 모두에게 마구마구 공유하기 때문이다. 1:1 메신저로 대화할 때에도 나는 최대한 많은 이모티콘을 써가며 상대방이 심리적 공백감을 느끼지 않도록 노력한다. 회식 자리에선 가만히 있으면 안 될 것 같아 대화 주제를 던지고 가끔은 진행병에 걸려 진행을 하기도 한다. 이것 참 '그럴싸'다운 행동이다.

이런 날 보고 있으면 친한 친구들은 낄낄거리면서 놀릴 준비를 하지만, 다른 사람들은 인싸 같은 나에게 더 많은 것을 기대하곤 한다.

대학생 때는 사람들의 기대에 못 이겨 노래방 기계가 한가운데 자리한 술집에서 "Rock'n'roll"을 외친 적도 있었다. 술집에 꽉 찬 모든 사람들이 나의 원맨쇼를 바라보며 환호했다. 쥐구멍에라도 숨어서 엉엉 울고 싶었지만 분위기가 싸해질 것 같아서 노래를 2절까지 꾸역꾸역 마쳤던 기억이 난다. 싫으면 싫다고 말을 못 해서 인싸인 척해야 하는 이 삶이여. 오늘도 소심한 그럴싸는 맘 편한 아싸가 되고 싶은 것이 정녕 꿈일지어다.

'찬란'이라는 단어가
어울리는 사람

찬란. 찬란하다. 입을 열고 목소리를 내어 읽어보자. 찬란하다. 눈을 감고 말하면 마치 눈앞에 시리도록 반짝이는 햇빛 조각들이 바닷물 일렁임에 맞춰 일렁일렁 흔들리고 있는 듯하다. 찬란하다는 단어는 이토록이나 찬란함 그 자체라, 아무 데나 쓰기가 꺼려지고 아깝다. 이 단어는 내 주머니 속에만 간직해 뒀다가 진정으로 찬란한 순간이 오면 그때 쓰고 싶을 정도다. 그 단어를 온몸에 뒤집어쓰고 그 누구보다도 잘 어울린 채로 살고 싶다. 그만큼 세상에서 가장 아름다운 단어인 것 같다.

이 단어를 흔쾌히 내어줄 수 있는 사람이 내가 진심으로 사랑하는 사람이 아닐까 생각한다. 몇몇 떠오르는 얼굴들에 찬란이라는 단어를 붙여본다. 눈물이 핑 고일만큼 아름답고 행복한 장면이다.

　찬란이라는 단어가 어울리는 사람들을 위해 살아가야겠다. 주머니에 손 꼭 넣고 단어를 꼬오옥 쥐어본다.

찬란하신 별님,
저도 찬란하다는 말이
잘 어울리는
사람이 되고 싶어요.
찬란하신 별님,
꼭 그렇게 될게요.

나는
내가 정의해

남들 눈에 내가 어떻게 보이는지 신경 쓰며 피곤하게 살던 건 그리 오래전 일이 아니다. 옷을 입을 때, 내 의견을 말할 때와 같이 당연히 내 중심이어야 할 일에도 난 항상 타인의 시선을 우선으로 고려했다.

품이 넉넉한 맨투맨 티셔츠는 다른 사람 눈에 덩치가 더 커 보일지도 모른다며 사지 않았고, 무례한 사람이 나타나도 혹여나 내가 싸가지 없어 보일까 싶어 싫은 소리 한마디 하지 못했다. 남을 신경 쓰느라 정작 내가 좋고 편안한 건 뒷전이었다.

덩치가 커 보이면 어떤가. 내가 편하면 그만인데. 싸가지 없어 보이면 어떤가. 무례한 사람을 퇴치하는 것뿐인데.

이젠 옷을 고를 땐 촉감과 내 기분이 먼저다. 품이 넉넉하다 못해 아빠의 스웨터를 훔쳐 입은 꼬마처럼 펑퍼짐한 니트를 사기도 하고, 색깔이 쨍한 형광빛 보라색 티셔츠를 사기도 한다. 일할 때도 조금 강한 화법이 필요하면 너무 착할 필요는 없다며 스스로를 타이른 뒤 세게 말해보기도 한다. 아, 그리고 최근엔 내 버킷리스트 중 하나였던 뽀글뽀글 파마머리도 했다. 누가 보고 영화 '해리포터'에 나오는 해그리드라고 생각해도 그냥 그런가 보다, 넘길 자신이 생겼다.

예전의 나와 지금의 내가 다른 점은 이제는 내가 나를 잘 안다는 사실이다. 그땐 나도 내가 누군지 잘 몰라서, 누군가 나에 대해 정의를 해주면 그대로 받아들였다.

"너 진짜 착하다"라고 말하면 난 착한 애인 줄 알았고, "너는 파스텔 톤이 잘 어울려"라고 말하면 나는 파스텔 톤 옷만 입었다.

하지만 지금은 누군가 나에게 "너 진짜 착하다"라고 말하면 나는 껄껄 웃으며 이렇게 말한다.

"지금은 착한 척하는 거고, 나빠질 때도 있어."

그리고 누군가 나에게 "너는 파스텔 톤이 잘 어울려"라고 말하면 실실 웃으며 이렇게 말한다.

"내일은 형광색 옷 입고 와볼게. 그것도 잘 어울릴걸?"

누군가 날 정의하도록 가만히 두지 않으니, 이제 나는 내가 원하는 무엇이든 될 수 있다. 착하기도, 나쁘기도, 따뜻하기도, 싸가지 없기도, 뽀글뽀글 파마머리가 잘 어울리기도, 긴 생머리가 잘 어울리기도. 나는 내가 정의하기로 했다.

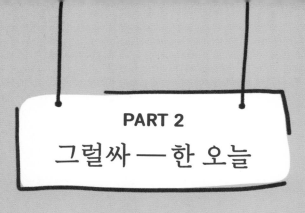

PART 2
그럴싸 — 한 오늘

무사히 보낼 힘은 있으니
이 얼마나 다행인가

긴장을 푸는
발칙한 방법

　면접이나 발표가 있는 날이면 일주일 전부터 밤잠을 설치
곤 한다. 압박감과 긴장감에 온몸에 식은땀이 흐르고 심장은
쿵쾅쿵쾅 난리법석이다. 그래서 보통은 당일에 약국에서 청심
환을 사 먹곤 하는데, 사실 효과는 잘 모르겠다. 긴장을 풀기
위해 청심환을 사 먹었다는 것 자체도 나에게는 긴장으로 다
가온다. 그러니까, 다시 말하면 긴장을 없애기 위해 내가 이런
것까지 했는데도 긴장이 안 없어진다는 사실에 더 긴장이 된
다는 말이다.

손을 달달 떨면서 면접장 입구에서 대기를 한다. 다들 이럴 때 심호흡을 하라고들 하던데, 도무지 심장이 뛰고 가슴이 벌렁거려서 숨이 깊게 쉬어지지도 않는다. 이건 거의 패닉 상태나 마찬가지다. 내 이름이 호명되는 순간, 그 자리에서 무릎을 꿇고 실신을 해도 이상하지 않을 것이다. 두 발이 몸을 단단히 버티고 서 있다는 것만으로도 신기할 따름이니까.

어찌어찌 면접장에 들어가 최대한 떨리는 내색을 하지 않으려 애써 웃어봐도, 안면 근육은 제멋대로 수축하고 난리가 난다. 이 상태에서 자기소개를 하라고? 말이 안 된다.

이렇게 망친 면접은 한두 번이 아니었다. 이런 나와는 달리, 발표나 면접 때 단 한 번도 안 떨어봤다는 친구가 있다. 그 친구에게 거의 울면서 하소연을 했더니, 자신만의 꿀팁을 내게 전수해 주었다.

"면접관 눈을 뚫어지게 쳐다봐. 그리고 생각해. 면접관이 자기 집에서 엄마가 해준 맛있는 음식 먹고 배 두드리는 장면을."

그러니까 친구의 꿀팁은, 다름 아닌 면접관을 너무 높은 사람으로 생각하지 말라는 뜻이었다. 나의 당락을 손에 쥐고 있는 사람이 아닌, 서로를 알아가고 싶어 하는 소개팅 상대 정도로 생각하면 그때부터 마음이 편안해진다고 말이다.

엄마가 해준 밥을 배부르게 먹고 반쯤 누운 상태로 배를 통통 두드리는 배 불뚝 아저씨 면접관이라니, 그런 귀여운 면접관 앞에서는 오들오들 떨 필요가 없지 않은가!

이 귀여운 조언 덕분에 면접이나 발표에서 패닉을 맞이하는 일이 줄었다. 어쨌든 사람 사는 거 다 똑같고, 하늘처럼 높아 보이는 면접관도 사실은 그저 집에서는 귀여운 아들이나 딸일 뿐이니.

심각한 상황에서는 이런 발칙한 상상을 해보자. 아주 큰 도움이 된다.

오늘도
무사하게

이리 치이고 저리 치이고, 온갖 사람들에게 온몸으로 상처 받는 날이 있다. 그런 날엔 집에 돌아가는 길, 지하철보다 멀리 돌아가는 버스를 탄다. 지하철보다 30분이나 더 걸리지만 탈 만한 이유가 있다. 구석진 자리에 등을 기대고 앉아 창밖을 내 다볼 수 있다는 것.

이어폰을 끼고 조용한 음악을 켠다. 온몸에 힘을 빼고 바람 빠진 풍선처럼 앉아 있으면 창밖 풍경들이 내 눈앞에서 물처 럼 흘러간다. 그러면 나는 생각한다.

'다 지나가라. 이렇게 다 지나가라.'

주문을 외우다시피 마음속으로 중얼거리다 보면 어느새 하루 종일 긴장해서 굳어 있던 어깨가 편안해지고 복잡했던 머릿속도 차츰 비워진다. 눈치 보지 말고 한숨을 푹 쉬어도 좋다. 그리곤 흔들리는 창문에 머리를 기댄 채 스르르 눈을 감는다. 깜빡 잠에 들어도 집 근처 정류장에 다다르면 눈이 저절로 떠질 테니 괜찮다. 다 내려놓고, 눈꺼풀도 편히 내려놓아도 괜찮다.

버스에서 내리면 새로운 공기가 얼굴을 스친다. 코로 숨을 크게 들이쉬고 크게 내뱉는다. 귀에 꽂혀 있던 이어폰을 빼내면 새로운 소리가 귀를 가득 메운다. 복잡한 도심의 분주한 사람들 소리, 시끄러운 자동차 경적 소리가 아닌 익숙하고 편안한 우리 동네의 소리가.

천천히 걷는다. 어차피 빠르게 걸을 힘도 없으니까, 오늘 하루 있었던 일을 천천히 돌려 감기하며 걷는다. 한 발짝 내디딜 때마다 오늘 내가 들었던 날카로운 말들을 생각한다. 그리고 한 발짝 내디딜 때마다 털어버린다.

'지나간 일이야. 이제 다 지나갔어.'

뒤를 돌아볼 필요는 없다. 앞으로 곧장 가기만 하면 집이다.

완벽하게 안전한 집.

현관문을 열면 나는 세상에서 제일가는 안전을 보장받는다. 그리고 커다란 곰돌이 인형 같은 남편을 꽉 껴안는다. 눈을 감고 숨을 고른다. 말없이 꽉 안아주는 남편의 숨소리에 귀 기울인다.

상처받고 힘든 날이 아예 없을 수는 없다. 무사와 평안을 위해 매년 새해마다 빌고 또 빌어도, 사람으로 태어난 이상 365일 무사와 평안할 수는 없으니까.

그래도 힘든 일을 잘 치러내고 무사히 오늘을 보낼 힘은 있으니 이 얼마나 다행인가.

오늘도 역시 평안하지 못한 하루.

이럴 때 내가 할 수 있는 건,
일부러 집까지
먼 길을 돌아 가기.

그리고
당신에게
안기기.

단정함은
다정함으로부터

"집이 원래 이렇게 깨끗해?"

집에 손님이 오면 내가 꼭 듣는 말이다. 남편이 워낙 깔끔 떠는 성격이기도 하지만, 나 역시 어디 가서 깔끔하다는 소리 좀 듣고 다니는 편이라 우리 집은 정말이지 깔끔 그 자체다.

물건을 쓰고 나면 제자리에 착착, 지저분한 살림은 수납 공간에 착착, 비뚤어짐 없이 가지런히 착착. 이 세 가지 원칙만은 꼭 지키는 우리의 살림 실력 덕분이다. 만약 내가 물건을 아무렇게나 쓰고 던져놓으면, 남편은 그 물건을 찾기 위해 돌아다녀야 할 거고, 만약 남편이 위험한 물건을 아무렇게나 선반에 던져놓으면 내가 꺼내면서 떨어뜨려 다칠지도 모른다. 우리는 서로의 편안과 안전을 위해 언제나 단정하게 살기를 추구한다.

또한 옷차림에도 꽤나 신경을 쓰는 편이다. 패션에 일가견이 있거나 멋진 취향을 갖고 있는 건 아니지만 옷차림은 항상 단정해야 한다는 원칙을 꼭 지킨다. 너무 멋을 부린 스타일은 잘 어울리지도 않거니와, 자주 입지도 않아 옷장의 애물단지가 돼버릴 수 있다. 그래서 웬만하면 기본 스타일로만 쇼핑을 한다.

검은 옷을 입을 땐 먼지가 보이지 않도록 '돌돌이'라고 부르는 먼지 제거기로 꼭 훑어준다. 셔츠를 입을 땐 구김이 없도록 다림질을 꼼꼼하게 해준다. 옷감에 보풀이나 실밥이 나오진 않았는지, 빨래를 갤 땐 두 눈 부릅뜨고 체크한다. 다른 옷은 몰라도 재킷이나 코트, 점퍼만큼은 백화점에서 꽤 비싼 값을 주고 좋은 것으로 사 입는다. 저렴한 옷은 관리를 잘못하면 금방 못 입는 수준으로 망가지기 때문에, 또 다른 싼 물건을 살수록 오히려 비싼 것을 하나 산 것보다 더 돈이 많이 들 수 있다.

가방이나 휴대폰, 전자기기 등 가지고 다니는 물건들도 모두 언제나 단정한 상태로 유지한다.

어쩌면 단정하게 산다는 건 조금은 피곤하고 번거로운 일일지도 모른다. 하지만 그 단정함이 다정함에서 비롯되는 것이라면, 사랑하는 사람을 위해 충분히 해내고 싶지 않은가! 함께 사는 사람을 배려하고, 또 배려받는 마음은 그 번거로움보다 훨씬 가치 있는 일이니까.

단정한 살림은 내 마음도 단정하게 하지요

소라게 인생

내 인생이 별 볼 일 없고 초라하다고 느껴질 때가 있다. 그 놈의 SNS라도 끊어야 하나. 잠들기 전 누워서 SNS 피드를 보다보면 어쩜 다들 이렇게 돈도 많고, 집도 예쁘고, 가족도 화목하고, 인맥도 넓고, 몸매도 좋고, 능력도 좋은지. 마치 이 세상에서 나 하나만 덜렁 떨궈내고 자기들끼리만 인생의 성공 가도를 달리고 있는 것처럼 보인다.

그럴 때면 왠지 지기 싫은 마음에 휴대폰 앨범을 뒤적거린다. 오늘 하루 뭐 자랑할 거 없나. 목 늘어난 티셔츠를 입고 침대에 누워 휴대폰 화면을 쓱쓱 스크롤하고 있는 나 자신이 문득 지질하다고 느껴지면 휴대폰을 덮어버리곤 이불 속으로 들어간다. 그리고 생각한다. 오늘 하루 난 정녕 자랑할 거리가 단 한 개도 없었던 것인가. 그렇게 파멸의 굴레로 들어가는 거다.

그런데 생각해 보자. 어떻게 모든 사람들이 매순간 SNS 속에서처럼 밝게 웃고 행복하기만 할까. 즐거운 찰나의 순간을 캡처해서 올리는 단편적인 부분이 그 사람의 전부는 아닐 것이다. 그러고 보면 나 역시도 목 늘어난 티셔츠를 입고 개기름이 번질거리는 얼굴을 한 채 누워서 배를 두드리고 있는 내 모습은 SNS에 공개하지 않는다. 내 계정으로 들어가 그동안 내가 올린 사진들을 보고 있으면, 세상에 이렇게 즐겁고 당차고 성공적인 삶을 살고 있는 사람이 또 없는 것 같다.

아마 누군가는 지금 내 SNS 피드를 보며 부러워하고 있을지도 모른다. 어쩌면 우리 모두는 자신의 껍데기가 예쁜 줄도 모르고 남의 껍데기만 염탐하는 바보 같은 소라게 일지도.

행복을
갖는 방법

꽃을 보면 행복해지는 사람이 있다.

그런 사람은 길을 걷다 우연히 만난 꽃을 보면 행복해진다.

길을 걷다 우연히 흩날리는 꽃향기에도 행복해진다.

행복은 그런 것이 아닐까.

애써 소유하지 않더라도, 느끼고, 기억하는 마음.

예쁜 마음.

쫄보 탈출
넘버원

친구와 이야기를 하다가, 유독 내가 그 친구보다 또라이들을 자주 마주친다는 사실을 알게 됐다.

초등학생 때는 마을버스에서 내 귀에다 대고 신음 소리를 내는 아저씨를 만났고, 중학생 때는 골목에서 자신의 중요 부위를 내놓고 허리를 퉁퉁 튕기는 변태 아저씨를 만났다. 스무살 무렵엔 야간 버스에서 내 허리를 꽉 껴안는 술주정뱅이를 만났고, 또 다른 버스에서는 내 가방에 달린 인형을 누가 먼저 가져오나 내기를 하는 동네 양아치들도 만났었고, 직장인이 되고 나서는 지하철에서 아무런 이유도 없이 날 노려보며 저주를 퍼붓는 젊은 여자도 만났다.

강남역 부근을 걸을 때면 "얼굴에 복이 많아 보이는데 조상님께서 화가 나셨으니 제를 올려야 한다"고 말하질 않나, 심리테스트를 빙자해 유사 종교 교리를 설명하는 등 내 갈 길을 멈춰 세우는 길거리의 눈빛 흐린 종족들에게 붙잡힌 적이 셀 수 없을 지경이다. 출퇴근길 지하철에서 어깨빵을 당한 뒤 의기소침 쭈구리가 되는 건 뭐, 일상이었고 말이다.

하지만 그런 일들을 당하고도 난 무서워서 항상 가만히 있었다. 그리고 집으로 돌아와 아무 말도 못 한 내 자신을 질책하며 남편이나 친구 앞에서 울곤 했다. "세상에 쫄보도 이런 상쫄보가 없다"며 그 친구와 남편 모두 나를 답답해했다. 친구와 남편은 단 한 번도 길거리에서 그런 종족들을 만나거나 아무 이유 없이 해코지를 당해 본 적이 없다며 의아해했다.

친구는 자신이 평소에 길을 걸을 땐 눈에 힘을 빡! 주고 걷는다고 했다. 반면 나는 흐리멍텅한 표정으로 흐느적흐느적 걸어 다니니, 앞으로는 본인처럼 다녀보라고 조언해 주었다. 변태나 도쟁이, 동네 양아치 같은 사람들은 만만하거나 유순해 보이는 사람을 타깃으로 삼기 때문이라고 했다.

남편도 내게 어깨빵을 당하거나 부당한 일을 당했을 땐 쫄보처럼 가만히 있지 말고 발끈하라고, 사과를 꼭 받아내라고 용기를 북돋아 줬다. 사과를 받아야 할 일에 사과를 받아내지 못하는 건 나 자신에게 무책임한 거라고. 남편이 옆에 있든, 없든 나 자신을 스스로 지켜야 하는 거라고 말이다.

눈물겹지만 나는 '쫄보 탈출 넘버원'이 되기 위해 무지하게 애를 썼다. 두 번 다시 '그 종족'들의 타깃이 되지 않겠다고 다짐하며 눈에 힘을 빡! 주고 빠르게 걸어 다녔다. 그리고 무슨 일을 당했을 땐 꼭 받아야 할 사과를 받아내겠다고 다짐했다. 그리고 마침내, 그 모든 것을 실행에 옮길 D-Day가 왔다.

사람이 꽤 있긴 했지만 비교적 여유 있는 지하철이었다. 가만히 서 있었는데 한 아주머니가 내 어깨를 세게 치는 바람에 들고 있던 가방이 툭 떨어졌고, 그 아주머니는 힐끔 가방을 보더니 신경도 안 쓴다는 듯 재빨리 시선을 돌리곤 다른 칸으로 넘어갔다. 쫄보 본능이 튀어나와 심장이 콩닥거렸지만 주먹을 꽉 쥐고 심호흡을 했다. 그리고 가방을 주워 그 아주머니를 따라 걸었다. 눈에 힘을 빡! 주고 말이다. 그리고 재빨리 걸어가는 아주머니의 옷소매를 잡았다.

"아주머니, 왜 저를 치고 가셨어요? 가방이 떨어졌어요. 사과해 주세요."

그러자 그 아주머니는 흠칫 놀라는 표정을 짓더니 이내 미안한 표정으로 바뀌었다. 그리고 연신 사과를 했다.

"어머, 아가씨, 미안해요. 내가 너무 마음이 급해서… 가방이 떨어진 줄도 몰랐네. 미안해요."

아주머니의 그 말에 콩닥콩닥 뛰던 가슴도 편안해지고, 억울하고 화나던 내 마음도 사르르 녹았다.

"네, 사과해 주셔서 감사합니다."

마땅히 사과를 받을 일에 사과를 받는 것은 이렇게 중요한 일이었다. 나 스스로를 그냥 '당한 사람, 당한 쫄보'로 방치해 두지 않고 '할 말은 하고 받아낼 건 받아내는 사람'으로, 나의 가치를 올린 순간이었다. 여전히 나는 인싸도, 아싸도 아닌 어정쩡한 '그럴싸'이지만 할 말은 꼭 할 줄 아는 제법 그럴싸한 사람이 됐는지도 모르겠다.

우주 먼지
명상법

명상은 나와 생각을 분리하는 훈련이라고 한다. 명상이 정신 건강에 그렇게나 좋다는데, 나는 한 번도 시도해 본 적이 없었다. 가부좌를 틀고 앉아 눈을 감고 아무 생각을 안 하는 일이라니, 무척이나 따분해 보였기 때문이다.

그런데 하루는 신기한 경험을 했다. 아마도 그게 명상 비스무리한 게 아니었을까 싶다.

잡생각이 너무 많아서 몇 시간이나 잠에 들지 못하고 뒤척이던 새벽이었다. 한번 잡생각에 빠지면 과거의 후회스러웠던 일, 일어나지도 않은 가상의 시나리오를 머릿속에서 펼치다가 자괴감에 시달리곤 하는데, 그날도 역시 잡생각의 꼬리를 끊어내지 못해 절절매고 있었다. 자야 되는데, 자야 되는데. 다음 날 출근을 해야 한다는 압박감까지 더해져 더더욱 괴로웠다.

눈, 코, 입과 얼굴 근육, 온몸의 근육에 힘을 쭉 빼며 심호흡을 시작했다.

'제발 그만하고 자자. 생각이 너무 많아.'

그리고 상상했다. 내 몸에서 영혼이 분리되어 공중으로 솟아오르는 모습을! 눈 감고 있는 내 모습을 내가 가만히 바라보고 있다. 그러다 점점 하늘 위로 올라간다. 나에게서 점점 멀어진다. 높은 하늘까지 올라가고, 심지어 대기권을 벗어난다. 더 높이, 더 높이 올라가자 시퍼렇게 까만 지구가 보인다. 무한한 우주에 나 혼자 있다는 두려움에 가슴이 벌렁벌렁, 그때 심호흡을 크게 하며 생각한다. 나는 누구일까.

이상하게 마음이 편안해진다. 잠깐, 내가 꼭 '누구'일 필요가 있나.

눈을 뜨고 침대에서 벌떡 일어나 창문으로 향했다. 벌써 해가 뜰 시간이 다 되어 벌써 하늘엔 주황빛이 조금씩 물들고 있었다. 초승달 옆에 번쩍이는 커다란 별이 떠 있었다.

한기가 스미는 유리창에 몸을 기대 오래도록 그 하늘을 바라봤다. 내가 고민하던 모든 것들이 먼지만큼 작아 보였다. 마음이 편안해지고, 곧 잠이 쏟아지기 시작했다.

사실 우리가 하는 대부분의 고민들은 인생을 뒤흔들 만큼의 심각한 문제가 아니다. 게다가 내 존재는 사실 우주 먼지보다 작은 존재가 아닌가. (물론 하찮다는 건 아니고.)

그러니 너무 몰입할 필요는 없다. 가끔 이렇게 나를 멀리 떨어뜨려 생각하는 연습을 가져보자.

아, 그리고 난 이것을 우주 먼지 명상법이라고 부르기로 했다.

이 넓은 우주의
먼지 같은 존재들~
그러니 고민을 해서
무얼 하나~

흠,
변명을 해보자면 말이죠

내 살림 실력을 고백하자면, 거의 웬만하면 깨끗한 편이다. 깨끗하다기보단 뭐가 많이 없다는 표현이 더 알맞겠다. 특히 옷이 그렇다. 최근 2년 내에 한 번도 입지 않거나 손이 잘 안 가는 옷은 미련 없이 수거함 행이다. 옷이나 신발은 나에게는 소모품일 뿐이라서, 주로 저렴하고 편한 것들로 사 입고 인연이 다하면 처리해 버린다. 그래서 분기별로 옷장 정리를 할 때마다 버리는 옷이 꽤 나온다.

옷뿐만 아니라 나에겐 모든 물건이 소모품이다. 그래서 값 비싼 전자기기도 손이 가는 대로 쉬이 쓰고 쉽게 버린다. 어차 피 처음 지불한 값 이상의 가치가 소모되었고, 그동안 날 편리 하고 즐겁게 해줬으며, 이젠 날 떠날 때가 된 것뿐이니까 말이 다. 물건이야 새로 사면 그만이니.

지금껏 이런 소비 스타일을 나름 장점이라고 생각해왔는데, 남편 눈에는 꽤나 걱정스러워 보였나 보다. 물건에 애착이 없 는 것 같다고. 물건에 애착이 없는 사람은 사람에게도 애착이 없지 않느냐고. (내가 자기한테 애착이 없을까 봐 걱정되나? 바보.)

그 말을 듣고 발끈한 나는 두 주먹을 불끈 쥐고 외쳤다.

"버린다고 해서 애착이 없는 건 아니야!"

꺼내 놓고도 말이 안 되는 말 같아서 둘이 마주 보고 껄껄 웃었다.

하지만 진짜인걸. 물건들은 그저 내가 필요할 때 쓰임으로 써 제 가치를 다 하는 것이고, 내가 특별히 여기지 않아도 내 일상에 속속들이 녹여지니 그 자체로 귀하게 쓰인 거라고! 게 다가 물건은 버려지더라도 그 물건과 함께했던 기억은 내 가 슴 한 편에 소중히 남아 있는데. 그게 바로 애착 아닌가?…요?

그게 진짜
궁금하세요?

　전에 다니던 회사에 면접 보러 갔던 날이 기억난다. 외국계 회사라 유난히 긴장하며 간단한 영어 자기소개와 예상 질문들을 조금 준비해 갔다. 다행히도 영어 자격증 하나 없는 나의 비루한 스펙을 알아주셨는지, 영어 면접은 진행하지 않았다.

　면접관은 남자 한 분과 여자 한 분이었는데 친절히 자기소개부터 해주셨고 편안하고 유연한 분위기라 긴장도 금세 풀렸다.

　어려운 질문들도 많았지만 면접은 꽤 자연스럽게 진행되고 있었다. 예감이 좋았다. 그런데 남자 면접관이 갑자기 이상한 질문을 했다.

"미혼이시죠?"

나는 흠칫 놀라며 반사적으로 여자 면접관의 얼굴을 확인했는데, 그녀의 눈썹이 찌릿 일그러졌다.

"아뇨. 결혼했습니다."

표정 관리를 잘했는지 모르겠다. 머릿속엔 뒤죽박죽 별 생각이 가득이었지만 일단은 얼른 대답했다. 내 답변에 남자 면접관의 얼굴이 묘하게 풀어졌다. 무슨 뜻이었을까.

"우와. 나이가 어려 보이는데. 결혼은 언제 했어요? 2세 계획은 없어요?"

정신없이 답을 하다가 이거 뭔가 좀 이상하다 싶어서 고개를 갸웃거리자 여자 면접관이 서둘러 분위기를 수습하려고 했다. 두 면접관은 이내 다른 질문으로 돌리는 듯했지만, 남자 면접관이 분위기를 다시 묘한 쪽으로 끌었다.

"집 주소가… 음… 남편 분이 혹시 삼X 다니시나요?"

"아뇨. 남편은 삼X에 다니지 않습니다."

"그러시구나. 이 동네는 삼X 분들이 많이 살길래요. 그럼 남편 분은 뭐 하세요?"

"아하하. 제 남편은……."

허허 웃으며 사람 좋게 넘겼지만, 면접이 끝난 후 집으로 돌아가는 길엔 뒤통수를 망치로 얻어맞은 것처럼 멍했다. 아직도 이런 질문들을 하는 회사가 있다는 사실에 한 번 놀랐고, 그게 미국 회사란 사실에 한 번 더 놀랐고, 그 자리에서 아무 말도 못 하고 허허 웃은 내 모습이 자꾸만 떠올라 괴로웠다.

백 번 양보해서 입사하자마자 임신하는 경우가 더러 있을 테니 기혼 여부 묻는 건 그렇다 쳐도, 남편의 직업까지 묻는 면접 자리는 정말 기가 막히지 않은가. 하지만 당시에 나는 그 회사에 꼭 합격해야 했기 때문에 그 자리에서 불쾌하다거나 이상하다는 표현을 적극적으로 할 수가 없었다.

"그게 왜 궁금하신 건가요?"라고 물어보기라도 할 걸 그랬나. 아냐, 그랬다면 조직 생활에 적응 못 하고 튀는 사람으로 분류되어 바로 불합격했을지도 몰라.

불의에 찍소리 못 하는 완전한 을의 입장이란 사실에 속이 쓰렸다. 그리고 며칠 후, 최종 합격 전화가 걸려왔다.

"야. 이 회사… 왠지 쎄한데. 가지 말아야 하나?"

친구에게 물으니 배부른 소리 한다며 출근 준비나 하라고 했다.

그 후, 어느새 나의 동료가 된 그 남자 면접관은 사무실에서 꽤 큰 목소리로 다음과 같은 이야기들을 하고 다니는 사람이라는 걸 알 수 있었다.

"아이고. 이것도 성차별이야? 어우, 요즘은 무서워서 뭔 말을 못 하겠어! 하하하!"

시간을 되돌릴 수 있다면, 나는 그때로 돌아가 면접관인 그에게 이렇게 묻고 싶었다.

"그게 진짜 궁금하세요? 왜 궁금하신지 제가 궁금하네요."

아무것도
안 하려는
노오력

불면증에 시달리면 침대에 눕는 것조차 괴로워진다. 너무너무 자고 싶은데 잠이 안 오니까 조바심에 심장은 콩닥거리고 머릿속은 뒤죽박죽 난리가 난다. 피로감은 극에 달했지만 이 조바심과 스트레스 때문에 머리는 더 지끈지끈해지고 잠은 더 안 오니, 불면증은 마치 고문을 당하는 거나 다름없는 것 같다.

약 없이 불면증에서 벗어나기 위해 여러 방법을 시도해 봤다. 이어폰을 끼고 ASMR을 듣거나, 보자마자 잠이 온다는 우주여행 영상을 보거나, 눈 감고 숨을 참는 것도 해봤다. 하지만 잠을 자기 위해 뭔가를 해야 하는 것들이라 그런지, 사실 잠자는 데 큰 도움이 되지 못했다.

불면증에 가장 큰 도움이 됐던 건 다름 아닌 '어깨에 힘 빼기'였다. 사람은 생각이 깊어질 때 어깨와 목에 힘이 잔뜩 들어간다고 한다. 그러고 보니 나도 잠에서 깨어 있는 시간 외엔 대부분 어깨에 힘이 들어가 있던 것 같다. 모니터 화면을 똑바로 보기 위해 목과 어깨에 힘을 줘야 하고, 밥 먹을 때도 회의를 할 때도 언제나 어깨에 힘이 들어가 있다.

"어깨 펴, 어깨에 힘 줘."

누군가를 응원할 때조차 우린 어깨 이야기를 한다. 어깨를 펴라는 건 자신감을 가지라는 뜻. 고로 어깨에 힘을 주면 무엇이든 할 수 있다는 뜻일 것이다.

그러나 잠을 자려면 그 무엇도 하면 안 된다. 뭘 해야 한다는 압박감도, 의무감도 다 버리고 그저 어깨에 힘을 빼면 된다.

아무것도 하지 않으려고 할 때 그토록 원하던 잠을 잘 수 있다니. 아이러니하다. 아무것도 안 하려는 노력이 또 필요한 걸까? 아, 아니다. 진짜, 제발, 아무것도 하지 말자. 아무것도 하지 않으려는 노오력도 하지 말자!

대니와
쏘이

나는 남편을 대니라고 부른다. 남들이 들으면 마치 미국 유학 시절, 방학 중 잠깐 들렀던 캘리포니아의 한 비치 바에서 우연히 만난 옆자리 외국인과 결혼을 한 줄 알겠지만 대니는 사실 토종 한국인이다.

우리는 서로를 영어 이름으로 부르는 회사에서 처음 만났다. 서로를 영어 이름으로만 불러야 해서, 회식이라도 하는 날엔 마치 인터넷 동호회 모임 같은 풍경이 펼쳐지곤 했다.

"소피아! 제임스! 클로이!"

이런 이름을 너도 나도 부르는 떠들썩한 풍경은 아무래
도…(말잇못).

하지만 이런 문화도 적응이 되면 꽤나 편하다. 직급도 없으
니 쌍방 커뮤니케이션이 수평적일 수 있달까. 친해지는 것도
비교적 쉽다. 이게 얼마나 편하냐면, 심지어는 서로의 한국 이
름을 까먹을 지경에 이른다.

퇴사를 앞둔 어느 날, 썸남썸녀 관계였던 나와 대니가 포장
마차에서 소주를 마시고 있었다. 서로를 영어 이름으로 부르는
게 포장마차 사장님 눈에도 재밌어 보였나 보다. 사장님도 나
를 '쏘이'라고 불렀다.

잔뜩 취한 대니가 별안간 내 잔에 소주를 넘치도록 따르더
니 치명적인 표정을 지었다. 그리고 말했다.

"이거 다 마시면, 우리 사귀는 거예요."

뭐야. 지금 정우성 따라하는 건가. 그럼 나는 손예진인 건
가. 너무 웃겨서 콧구멍을 벌렁거리다가 나도 모르게 소주잔을
홀짝홀짝 다 비워냈다.

포장마차 사장님이 박수를 짝짝짝 치셨다.

"대니와 쏘이! 오늘부터 1일!"

그렇게 '대니와 쏘이'는 캘리포니아의 비치 바가 아닌, 짭쪼

름한 우동 냄새가 폴폴 나는 포장마차에서 연애를 시작했고, 결혼을 했다. 여전히 나는 남편을 '대니'라고 부른다. 웃긴 건, 우리 엄마도 사위를 '대니'라고 부른다는 것이다. 사위를 영어 이름으로 부르는 장모님이라니. 왠지 그럴듯해 보인다. 이참에 엄마에게도 '엘리자베스 드 발루아' 같은 영어 이름이라도 지어드리면 좋으려나.

꽃의 마법

　제법 쌀쌀해진 퇴근길이었다. 코트를 여며 입고 총총거리며 지하철역으로 가니, 출구 앞에 꽃 파는 아저씨가 있었다. 매대에 쭉 늘어진 알록달록한 꽃송이들이 너무 추워 곧 시들어버릴 것만 같았지만, 그래도 꽃이 얼마나 많았는지 불어오는 바람에 산뜻한 꽃향기가 섞여 있었다. 몇몇 사람들이 꽃을 한 아름씩 손에 들고 지하철역 안으로 들어가고 있었다.

　다들 누구한테 주려고 저렇게 꽃을 사는 걸까. 멋진 슈트를 차려입은 남자는 아마도 여자친구에게, 손에 쥔 꽃 사진을 연신 찍어대는 여자는 아마도 자신을 위해, 안경에 김이 서린 채 허허 웃고 있는 중년의 남자는 아마도 아내를 위해. 저마다 붕어빵을 사기 위해 주머니에 넣어뒀을 거금 5천 원으로 누군가를 위해 꽃을 샀을 거란 생각에 마음이 따뜻해졌다. 꽃을 사는 사람을 보는 것만으로도 이토록 마음이 따뜻해지는데, 꽃을 사는 사람과 하물며 꽃을 받는 사람은 얼마나 기분이 좋을지 생각하면서 지하철역 계단으로 향했다.

터벅터벅. 계단을 한 칸씩 밟을 때마다 남편의 얼굴이 떠올랐다. 한 칸, 꽃을 보고 놀라는 남편의 얼굴. 한 칸, 나한테 주는 거냐며 나를 바라보는 남편의 얼굴. 한 칸, 꽃을 코에 대고 향기를 맡으며 활짝 웃는 남편의 얼굴.

그대로 멈춰 서서 뒤돌아 계단을 뛰어 올라갔다.

"이거 한 다발 주세요."

예전에 남편과 꽃핀 산책길을 걸을 때 남편이 '계란후라이꽃'이라고 소개했던 하얀 소국이었다. 지갑에 꼬깃하게 넣어뒀던 5천 원을 건네니 아저씨가 꽃과 함께 따뜻한 인사말까지 건넸다.

"네, 고마워요. 행복하세요."

그리고 집에 가서 나는 정말로 행복해졌다.

꽃은 그냥 꽃일 뿐인데, 그 존재만으로도 사람들을 행복하게 만드는 신기한 마법이라도 부리는가 보다.

미용실만큼은
양보할 수 없어

　남편과 긴축 재정을 선포하고 과소비를 줄이기로 했다. 배
달 음식은 웬만하면 먹지 않고, 냉장고에 든 최소한의 재료로
맛있는 요리를 해 먹는 것부터 시작해서 화장품 개수 줄이기
까지. 장을 볼 때도 그램 수를 따져가며 백 원 단위로 알뜰살뜰
돈을 쓰기로 했다. 둘의 의견이 척척 맞아 수월했다.

　그런데 단 한 가지, 미용실 이용에 대한 의견 충돌이 있었
다. 남편은 적당히 머리 잘하는 동네 개인 미용실에 가자고 했
고, 나는 브랜드 미용실만큼은 결코 포기할 수 없다는 의견이

었다. 가격 차이는 거의 1.5배. 파마라도 하는 날엔 2배 이상 차이 나기에 의견 대립은 팽팽했다.

한 달에 두 번 먹던 양념 치킨을 한 달에 한 번도 못 먹는 건 참을 수 있어도, 저렴한 미용실에 가는 건 참을 수 없었다.

남편에게 미용실이란 기술을 사는 곳이라면, 나에게 미용실이란 서비스를 사는 곳이기 때문이다. 그래서 나는 이왕 돈 쓰는 거 서비스의 품질이 좋은 곳에서 기분 좋게 쓰고 싶다.

조명 밝기도 내 취향에 맞춰주는, 싱그러운 풀 향기와 클래식 음악이 나오는, 앉자마자 잠들어도 이상하지 않을 정도의 푹신한 소파가 있는, 차분한 목소리로 귓가를 간지럽히며 젠틀한 두피 마사지를 해주는 샴푸 룸은 동네 개인 미용실에는 없단 말이다!

최고의 서비스를 받으면 몇만 원이고 아깝지 않다. 그럼 그것은 결코 과소비가 아니지 않은가. 아이고, 이렇게 오늘도 쓸데없는 언변이 늘어간다.

물온도 괜찮냐는 말이
무릉도원이냐고 들릴 정도로 좋아..좋다고요...

플렉스
안 해도 돼

친구가 고민을 털어놨다. 어제가 오늘 같고 오늘이 어제 같아 내일도 크게 다를 것 없는 하루하루가 지겹기만 해서, 사는 재미가 없으니 택배라도 받으면 신날 것 같아 괜히 헛돈이나 쓰면서 산다고. 그렇게 야금야금 쓰다가 통장 잔액을 보면 한숨이 나온다고. 내가 이 돈을 벌자고 이렇게 사나 싶고. 이렇게 벌어서 겨우 이렇게 밖에 못 쓰나 싶고. 이왕 쓸 거 인생이 좀 더 재밌어지는 데에 쓰면 좋을 것 같아 씀씀이는 점점 더 커진단다. 차라리 여행이라도 다녀올까. 이왕 갈 거 조금 더 써서 해외여행이나 갈까. 이왕 해외여행 가는 거 나도 플렉스나 좀 해볼까. 요즘은 다들 플렉스 하니까. 어디 나도 면세점 찬스 한 번…? 이렇게 돈을 펑펑 쓰다가 땡전 한 푼 모으지 못했다고, 기분이 좋아지는 건 잠깐 뿐이었다며 깊은 한숨을 푹 쉬었다.

플렉스는 90년대 미국에서 호황기를 누리던 유명 래퍼들이 본인의 부와 성공을 과시하는 데에서 시작한 문화다. 즉, 플렉스는 돈 많은 걸 자랑하는 것이고, 고로 다음 달 날아드는 신용카드 청구서가 두려운 자에게는 그냥 과소비에 불과하다는 것이다. 그런데 플렉스 문화는 자연스레 우리 세대에 번져들었고, 각종 매체에도 난무하고 있다. 정신 차려야 한다. 이 각박한 세상이 우리 소시민들의 소비를 부추기고 있다!

플렉스가 단조로운 일상을 해결해 줄 것처럼 말이다.

단조로운 일상은 죄가 없다. 단조로운 일상을 방치하는 게 죄라면 모를까. 플렉스 없이도 당장 할 수 있는 일은 꽤 많다. 우린 그걸 하면 된다.

매일 비슷한 음악을 들으며 걷던 길을
새로운 음악과 걸어보기.
오랫동안 연락이 끊겼던 친구에게
전화 걸어보기.
서점에 들러 그동안 관심 없던
새로운 장르에 눈 돌려보기.

곰과
여우와
뱀

친구들과 사람 이야기를 나눌 때면 꼭 나오는 단어가 있다.
곰, 여우, 그리고 뱀.

MBTI라는 꽤나 흥미진진하고 그럴싸한 성격유형검사가
있지만 나와 친구들은 곰, 여우, 뱀으로 사람을 분석하곤 한다.
뭔가 쎄한 사람이 나타났을 때면, 친구들과의 단톡방에 제일
먼저 찾아간다.

"얘들아. 이 사람이 나한테 이런 말을 했거든? 뭔가 쎄하다.
뭐 같니?"

"곰인 척하는 여우네. 여우. 너 정신 똑바로 안 차리면 호되게 당한다."

"아냐. 내 생각엔 여우인 척하는 곰이야. 너무 긴장 안 해도 될 거 같아."

곰인 척하는 여우, 여우인 척하는 곰. 이 둘의 차이는 아주 명확하다. 그리고 재미있다.

여우인 척하는 곰은 이해타산적으로 굴면서 실속은 못 챙기는 사람으로, 사회생활 하수다.

곰인 척하는 여우는 순진하게 굴면서 이득을 쏙쏙 빼먹을 줄 아는 사람으로, 사회생활 고수다.

그리고, 그 이상의 레벨이 있다. 바로 여우인 척하는 곰인 척하는 여우다. 이해타산적으로 굴면서 실속은 못 챙기는 사람으로 자신을 포장하여 상대방의 긴장을 허문 다음 이득을 쏙쏙 빼먹을 줄 아는 사람이기 때문이다.

나와 친구들은 이런 식으로 곰과 여우를 가려내며 사회생활에서 뒤통수를 맞지 않기 위해 바짝 긴장을 한다. 그리고 아주 희귀하지만 드물게 나타나는 이들이 있다. 그들은 바로 '어나더 레벨'이라고 불리는… 뱀이다.

곰인지 여우인지 파악조차 안 되며, 애초에 싸움 자체가 불가능이다. 계산은 물론이고 사람을 어떻게 구슬려야 하는지도 너무 잘 알아서 곰인지 여우인지 분간하다가는 큰 코 다치기 십상이다. 그런 사람이 나타나면 친구들은 말한다.

"정신 똑바로 차릴 필요도 없어. 그냥 뱀이야. 그러니까 그냥 원하시는 대로 다 내드려."

뱀느님이 나타나시면 깨갱 하자는 것이 철칙이다. 어차피 되도 않는 싸움, 뒤꿈치 물리고 아파하느니 원하는 대로 다 해주는 편이 훨씬 낫다.

곰과 여우와 뱀, 그 사이 어디쯤 존재하는 사람들과 또 그 사이 어디쯤 존재하는 나. 치열한 생태계 속 처절한 동물들처럼 느껴진다. 아, 오늘도 힘겨운 사회생활이여.

나를 싫어하는 사람
대처법

누군가 날 싫어한다는 느낌은 아주 뾰족하고 날쌔다. 그래
서 별로 알고 싶지 않아도 가슴팍에 빠르게 꽂혀 들어온다.

그 순간부터는, 사실은 나도 그 사람을 그다지 좋아한 적 없
으면서도 하루 종일 숨 쉬듯 그 사람을 생각한다. 그리고 뭔가
조치를 취하려고 한다.

내가 뭘 잘못했지? 내가 민폐를 끼친 적이 있었나? 내가 비
호감을 사는 말을 했었던가? 내가 뭘 잘못했냐고 물어볼까?

어느 날은 학창 시절 친했던 한 아이의 SNS 계정을 발견했

다. 이미 연락이 끊긴 지 오래였지만 반가운 마음에 팔로우를 하고 댓글을 달았다.

"오랜만이다! 여기서 보니까 반갑네!"

그런데 몇 시간이 지나도, 며칠이 지나도 답글은커녕, 맞팔로우도 오지 않았다. 새로운 게시물도 올리고 다른 지인들의 반갑다는 댓글에 일일이 답글을 달고 있음에도 불구하고 말이다. 인정하고 싶지 않았지만 그 앤 날 싫어하는 게 분명했다!

나는 오랫동안 심각한 생각에 빠졌다. 그 아이가 날 싫어하는 이유에 대해서 말이다. 지질하게 그 아이의 SNS 계정을 들락거리면서. 하지만 사람을 싫어하는 데에 별다른 이유가 있겠는가. 결국 답을 찾을 수는 없었다.

그렇게 한참 동안 억울하고 패씸한 기분이 켜켜이 쌓이다가 우울해질 무렵, 문득 돌파구가 보였다.

'그 친구가 날 좋아해야 하는 이유는 또 뭐람?'

그렇다. 돌파구는 바로 정신 승리였다! 그렇게 생각의 물꼬를 트고 보니 마음이 편안해졌다.

나도 모든 사람을 좋아하지 않으면서 남들은 나를 좋아만 해주기를 바라는 건 도둑놈 심보 아닌가?

나에게도 가까이 하고 싶지 않은 사람이 몇몇 있다. 그런데 그건 그 사람이 싫거나 혐오스러워서라기보단 '나와 주파수가 잘 맞지 않아서' 같은 주관적인 이유가 더 많다. 그러니 누군가 날 마음에 들지 않는다고 해서 내가 다 책임을 지고 억지로 관계를 이어가려는 마음은 안 가져도 될 것 같다. 시간이 아깝지 않은가. 내가 좋아하는 사람들을 챙기는 것만으로도 짧고 더없이 소중한 이 시간이.

21세기
新지옥도

잠자는 시간을 제외한 모든 시간에 카톡 메시지를 보내는 상사가 있었다. 잠들어 있는 시간 외에는 머릿속에 온통 일밖에 없는 듯했고, 그걸 누군가에게 표출해야만 살아갈 힘이 나는 사람 같았다. 그게 그 사람의 행복이라면 어쩔 수 없겠지만, 퇴근 시간 이후 매일 저녁마다 그 상사의 자녀들은 '배고프고 보고 싶다'고 전화하며 불행해 했고, 하루 종일 이어지는 그 상사의 톡을 받아내야 하는 나와 동료들 역시 불행했다.

하지만 그는 주변 사람들의 감정 따윈 관심 없다는 듯 자기

말만 배변하듯 쏟아냈다. 남 눈치 안보고 행복해질 수 있다니, 어떻게 보면 참 간편한 인생이다.

그 사람의 톡을 빨리 읽지 않으면 회사 생활이 힘들어진다는 동료들의 조언 덕분에 빠릿빠릿 답장하기 위해 난 휴대폰을 손에 꼭 쥐고 살았다. 잠잘 때에도 머리맡에, 밥 먹을 때도 한 손에. 연차를 내고 남편과 데이트를 할 때에도 톡이 오면 반드시 답장을 해야 했다.

그렇게 살다 보니 톡이 울리는 소리만 들려도 심장이 벌렁벌렁 뛰어댔다. 빨리 답장해야 되는데, 빨리 아이디어 생각해내야 되는데, 빨리 리액션을 해줘야 되는데. 어느새 나는 톡 소리만 들려도 머리가 뻑적지근해지는 '파블로프의 개'가 되어 있었다.

심지어 어느 순간에는 내 메신저 '친구 목록'에 그 사람이 있다는 것조차 화가 났다. 메신저 회사들은 왜 이런 메신저 따위를 만들어내서 사람들을 이토록 지독한 관계 지옥 속에 가두는 것인지!

스트레스가 극에 달해 뻥 터져버렸고, 결국 난 퇴사를 했다. 퇴사 후엔 조용한 메신저가 너무 어색했다. 몇 달이 지난 어느 날, 그 상사에게서 안부 톡이 왔고 신기하게도 그 이름이 화면에 뜨자마자 또 다시 극심한 두통과 심장 압박을 느꼈다. 역시 한번 개는 영원한 개인 건가.

누군가 21세기 新지옥도를 그린다면, 빨간 원의 무수한 숫자들, 왜 읽었는데 답장 안 하느냐는 메시지, '깨똑' 소리에 괴로워하는 직장인들로 꽉 차 있을지도 모른다.

지옥 같은 세상에서 그나마 버티는 방법은 두 가지가 아닐까. 깨똑 탈퇴. 혹은 날 힘들게 하는 사람 차단하기. 그 두 가지 방법마저도 불가능한 이 땅의 모든 직장인들이여, 부디 힘내시기를.

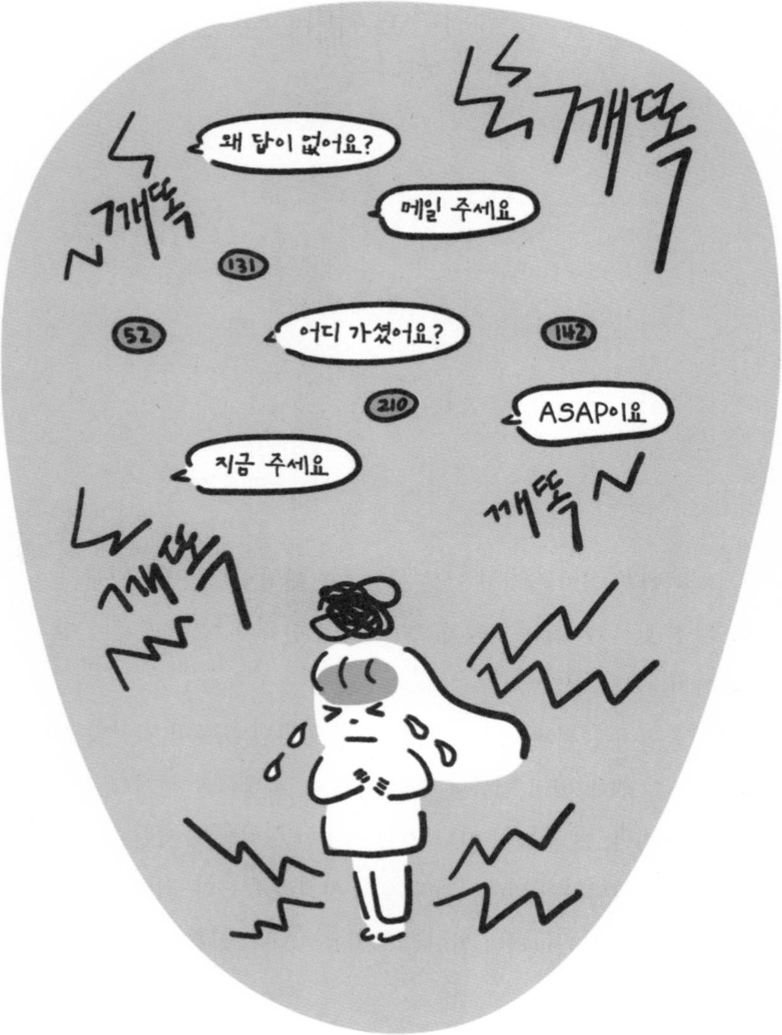
깨똑
왜 답이 없어요?
깨똑
메일 주세요
131
52
어디 가셨어요?
142
210
ASAP이요
지금 주세요
깨똑
깨똑

귀여운 취미
하나쯤

　귀여운 취미를 갖고 있는 사람들을 봤다. 수중 식물 가꾸기, 단추 모으기, 의자 만들기, 면 생리대 만들기, 뜨개 수세미 만들기.

　돈벌이를 위해 전문적으로 하는 게 아닌 오롯이 자신의 즐거움을 위해 이런 일들을 한다고 하니, 사람이란 존재가 귀여워 보였다. 되게 별것 아닌 일들 같지만 사람들은 저런 귀여운 취미를 영위하기 위해서 누구보다 치열하게 산다. 취미를 즐기는 시간만을 기다리며 험난한 일상을 지내고 있을지도 모른다.

새로운 수중 식물을 만나러 가기 위해 두 눈 부릅뜨고 쏟아져 있는 업무 메일을 처리하는 사람, 예쁜 단추를 모으기 위해 전쟁터 같은 회사에서 두 무릎 딱 힘주고 이 악물고 있는 사람, 의자 공방에 가기 위해 수십 장의 자료를 후다닥 써 내려가는 사람, 면 생리대 원단을 사러 가기 위해 방공호 같은 지하철역을 가로지르는 사람, 뜨개 수세미를 빨리 만들고 싶어서 하이힐을 신은 채 후다닥 버스 정류장으로 달려가는 사람.

이 사람들이 저마다 집으로 돌아가 자신만의 즐거운 시간을 보낼 거라 생각하니 마음이 훈훈하게 데워진다.

전쟁 같은 일상을 살아내기 위해 귀여운 취미 하나쯤 가져 보는 것, 아주 깜찍한 생각인 것 같다.

귀여운 사람들의 은밀한 취미 생활

나무를 키운다

집에 키가 1미터 남짓 되는 나무 화분 하나를 들여놨다. 나무의 이름은 사계귤 나무. 잘 돌봐주면 예쁜 꽃도 피고 주렁주렁 열매도 열린다는 말에 주말마다 듬뿍 물을 주고 햇살과 바람도 마음껏 쐴 수 있게 신경을 썼다.

식물을 키우는 건 꽤나 번거로운 일이다. 때맞춰 물을 주지 않으면 말라버리고 물을 너무 많이 줘도 썩어버리니 아기처럼 소중하게 다뤄야 한다. 게다가 관심을 갖고 여러 번 기웃거리지 않으면 식물의 존재는 쉽게 잊혀 한동안 방치됐다가 베란다 구석탱이의 애물단지가 되기도 한다.

나무를 열심히 키우던 어느 날, 좁쌀만 한 흰 꽃봉오리가 나뭇잎 곳곳에 싹트고 있는 걸 발견했다. 와, 이게 진짜 되네. 그리고 시간이 흐르자 거짓말처럼 푸른 열매가 조금씩 자라나기 시작했다. 열매를 잘 키우기 위해 인터넷으로 각종 정보를 모아 더 정성스레 가꿔줬고, 곧 열매는 무럭무럭 자라나 노랗게 익어 말 그대로 주렁주렁 알차게도 열렸다. 마치 나무에 주황색 알사탕이 오밀조밀 붙어 있는 것만 같았다. 열매 하나를 따서 쿵쿵 향기를 맡았다. 와, 이게 정말 되는구나.

공들여 키운 나무에서 꽃도 피고 향긋한 열매까지 열리다니, 여간 뿌듯할 수가 없었다. 그동안 내가 정성스레 돌봤던 시간을 나무가 다 알아주고 열매로 응한 것 같아 신기했다. 이토록 정직하게 나의 정성에 답을 주는 존재가 또 있을까.

모든 일이 나무를 키우는 일과 같다면 얼마나 좋을까. 모든 일이 '자라나라 열매여!' 하며 열심히 하기만 하면 열매가 열리는 이토록 정직하고 확실한 일이라면 얼마나 좋을까.

그런 망상을 해보며 오늘도 나는 나무를 키운다.

목이 마르지 않게 신경 써줘서 고마워.
햇볕이 그립지 않게 해줘서 고마워.
살뜰하게 돌봐줘서 고마워.
나에게 베풀어준 정성을
내가 다 기억할게.
그리고 언젠가
너에게 위로가 필요한 날이 오면
내가 너를 기쁘게 해줄게.
향긋한 열매를
너에게 줄게.

아주 소박한
나의 루틴

인생의 행복은 작은 일에 대한 감사로부터 시작된다는 글귀를 읽었다. 아주 사소한 일에서 매번 감사를 느끼면 행복은 저절로 찾아온다는 뜻이었다. 감사를 실천하기 위해 매일 감사 일기를 쓰는 게 좋을지, 아님 하루에 몇 번씩 감사의 인사를 전해보는 게 좋을지 고민했다. 하지만 저렇게 거창해지면 작심삼일이 될 게 뻔해서, 나는 매일 반복되는 감사 루틴을 만들어보기로 했다. 간단하다. 아침에 일어나자마자 화장실에 다녀와 물을 한 컵 원샷한 다음에 차를 우리기 시작하는 거다. 그리고 따뜻한 차를 마시며 이 차를 마실 수 있음에 감사한다. 끝이다.

차를 마시는 일이 너무 별것 아닌 것 같아 보이지만, 인터넷에 유행하는 말 중엔 이런 말이 있지 않은가.

"작고 소중해…!"

작은 일이라 더 소중하고 더 감사하다. 매일 아침 일어나 물을 한 컵 마신 뒤, 차를 마시는 일이 너무 소박하고 하찮아 보이지만 사실은 나에겐 굉장히 소중한 일이다. 매일 아침 눈을 뜰 수 있음에, 별 탈 없이 물을 삼킬 수 있음에, 차의 향기를 생생하게 느낄 수 있음에. 감사할 수 있는 일이 무궁무진하게 많기 때문이다.

매일 아침 차를 마시며 차를 마시는 일에 감사를 느끼다 보니 저절로 내 하루가 감사해졌다. 차를 마시는 일보다 더 감사한 일들투성이었다. 버스가 바로 와줘서 감사하고, 지하철 빈자리가 내 앞에 나줘서 감사하고, 회사에서는 내 이야기에 귀기울여주는 동료들이 있어서 감사하고.

이렇게 작은 루틴 하나가 내 일상을 조금은 멋지게 만들어준 것 같아서 이것 또한 감사하다. 이렇게 살다 보면 언젠가는 행복도 찾아오겠지. 뭐, 어쩌면 이게 행복일지도?

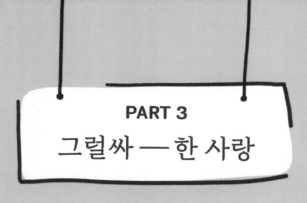

PART 3

그럴싸 — 한 사랑

사랑은 무한하고
시간은 유한하다

사랑스러운
우리 엄마

갱년기 때문인지, 한 번을 그런 소리 해본 적 없던 엄마가 뜬금없이 이런 얘기를 했다.

"네 인스타를 염탐했는데 말이야. 네 친구네 엄마 되게 멋지더라. 사업가이신가 봐. 나는 이때까지 아무것도 한 게 없는데."

그 말을 듣고 속이 상해서 재빨리 화제를 돌렸지만, 몇날 며칠 그 이야기가 내 머릿속에 맴돌았다. 그래서 생각이 날 때마다 우리 엄마의 멋지고 사랑스러운 일화를 적어두었다.

1

우리 엄마는 사랑둥이 고명딸로 태어났다. 큰 사건이나 부족함을 겪지 않고 사랑만 듬뿍 받으며 올곧게 성장한 엄마는 직장에서 아빠를 만나 사랑에 빠졌고, 그 다음엔 나를 만나 그 곱절의 사랑을 나에게 듬뿍 쏟았다.

하지만 둘째, 셋째 동생이 태어나면서 나는 종종 사랑을 빼앗길까 봐 불안해했고 엄마는 그때마다 이렇게 설명해 줬다.

"엄마가 죽기 전까지 너랑 엄마랑 보내는 시간에 비해서, 둘째는 1년이나 적고, 막내는 4년이나 적을 거야. 그러니까 엄마가 동생들을 그만큼 더 챙겨줘야겠지? 셋을 똑같이 사랑하는 건 변함이 없어."

초등학교에 들어가기 전에 들었던 말인데도 아직까지 또렷하게 기억이 난다. 저 말을 듣고 나는 즉시 안정감을 느꼈고, 게다가 불쌍한(?) 동생들을 아껴줘야겠다는 책임감도 들었다. 너무나도 현명하고 사려 깊은 말. 엄마의 예쁜 말버릇은 주변 사람들을 밝혀주는 힘이 있었다. 그런 엄마가 무척이나 자랑스러웠고 덩달아 내 자긍심도 무럭무럭 자라났다.

2

친구들은 종종 시험 점수 목표치를 세워두고 그에 대한 보상으로 부모님들에게 선물을 받았다. 그런 친구들이 부러웠지만 우리 엄마는 보상 제도를 절대 용납하지 않았다. 초등학교 6학년 무렵 내 목표치는 매번 국, 영, 수 평균 95점이었고, 엄마에게 95점을 넘기면 무엇을 사달라고 으름장을 놓기도 했으나 매번 그에 못 미치는 점수를 받았다.

분명 내 목표치는 95점이었는데 엄마는 그때마다 나의 89점, 90점짜리 시험지를 받아들고는 이렇게 말했다.

"95점 받으려고 얼마나 노력을 했으면 90점이나 받았니? 우리 큰딸 너무너무 대견해."

시험 선물을 사주지 않는 엄마가 답답하기도 했지만 숫자가 아닌 노력을 나의 성과로 봐주는 부모님은 대단하다는 걸, 어른이 되고 나서야 깨달았다. 학창 시절에 성적 때문에 혼나본 적이 단 한 번도 없었다는 건 지금 생각해도 신기한 일이다.

이런 엄마의 초긍정적인 사고방식과 칭찬은 나를 긍정적인 아이로, 그리고 다른 시각으로 생각해 볼 줄 아는 아이로 키워냈다. 물론, 덕분에 승부욕과 근성은 조금 부족하긴 하지만 말이다.

3

초중고 시절 점수가 가장 높은 과목은 국어요, 가장 못하는 과목은 수학이었다. 엄마는 오답 노트가 빽빽한 수학 시험지 말고, 동그라미가 가득한 국어 시험지에 관심을 쏟았다. 풀면서 어떤 부분이 재밌었는지, 왜 이렇게 생각했는지를 물으며 내가 좋아하는 과목을 더 좋아하게끔 부추겼다. 아니, 보통은 못하는 수학 과목을 어떻게 올려야 할지 머리 싸매고 고민해야 하는 거 아닌가. 하지만 부모님은 싫은 건 억지로 할 필요 없다고 했다. 뭐, 그 때문인지 나는 좋아하고 싫어하는 걸 명확하게 구분하고 말할 줄 아는 사람이 됐다.

4

엄마는 종종 자기가 지어낸 이야기를 들려줬다. 내가 동생이랑 난리법석으로 싸우는 날엔, 자매끼리 싸우는 집엔 어두운 그림자가 집으로 찾아와서 엄마를 훔쳐 달아난다는 등의 허무맹랑한 이야기를 곧잘 해줬다. 그럼 난 공포에 질려 눈물을 훔치며 동생과 화해를 했다. 아, 사랑스런 우리 엄마의 지혜란.

5

엄마는 무슨 이야기를 하든지 그 이유와 의도를 정확하게 밝히는 버릇이 있었다.

"네가 OO해서 엄마는 기분이 너무 좋아. 엄마가 이렇게 얘기해 주는 건, 네가 앞으로 OO할 때마다 기억했으면 좋겠어서야. 잘했어, 우리 딸."

결혼 이야기를
처음 꺼냈던 날

아빠에게 결혼 이야기를 처음 꺼냈던 날, 아빠의 동공이 그렇게 흔들리는 걸 난생 처음 봤다. 집에서 저녁을 먹고 TV 앞에 앉아 과일을 주워 먹다가 오늘은 말해야겠다 싶어서 입을 열었다.

"아빠. 나 결혼하려고요."

아빠는 TV 보던 눈을 돌려 나를 바라보며 시간이 멈춘 사람처럼 가만히 앉아 있었다. 정수리를 팡팡 치던 빗질도 멈춘 채 말이다.

"그게, 그게 무슨 소리야?"

순간적으로 아빠의 시선이 내 복부로 옮겨졌던 것을 나는 안다. 껄껄대고 웃으며 별일 아니라는 듯 말을 이었다.

"아, 왜. 나 만나고 있다던 그 남자친구랑 결혼할까 싶어서요. 한 내년쯤?"

아빠는 갑자기 머리가 아픈지 이마를 짚고 한동안 말을 하지 못했다. 무슨 말을 하려다가도 허탈한 웃음만 지었다.

나중에 들은 얘긴데, 아빠는 그때 머릿속에 지진이 난 것 같았다고 한다. 애지중지 키우던 새싹이 지진 난리 통에 휩쓸리고 온 세상이 무너져 내리는 그런 기분, 아주 조금은 짐작이 된다. 내가 난생 처음 자취를 시작해 자취방으로 이사 가던 날엔 나를 내려주고 돌아가는 차 안에서 울었다는 아빠니까.

며칠 후, 평정심을 찾은 아빠는 이상한 소리를 하기 시작했다.

"시어른들께 항상 잘하고, 남편에게는 아내 된 도리, 어른들께는 며느리 된 도리를 다 해야…"

기가 막히고 어이가 없어서 아빠를 놀렸다. 아니, 결혼을 당장 하겠다는 것도 아닌데 무슨 벌써 시어른이냐며, 내가 빨리 시집갔으면 좋겠느냐며, 게다가 도리는 무슨 지금이 조선시대냐며.

짐작컨대 아마도 아빠는 내가 결혼하는 게 아쉬워 혼자서 미리 마음의 준비를 하고 있었던 게 분명하다. '사위 될 아'는 뭘 좋아하는지, 술은 잘 먹는지 등등 호구 조사도 하고 말이다. 30년 가까이 품고 있던 딸이 갑자기 품안에서 떠나겠다는데, 그렇게라도 하지 않으면 마음이 참 쓸쓸했겠지. 그때 그런 아빠의 마음을 조금이라도 알아드렸더라면 좋았을 텐데. "아빠, 난 결혼해도 영원히 아빠 딸이야. 알지?" 같은 말이라도 해드리던가. 아, 오글거려서 못 했으려나. 그래도 내 진심은 아실 거다. 그치, 아빠?

나도, 다시 태어나면
나로 태어날래

예전에 다니던 회사에 귀여운 인턴 친구가 있었다. 미국에서 대학 생활을 하다가 방학을 맞아 우리 회사에서 3개월 인턴을 하기 위해 한국에 잠깐 들어온 친구였다. 동료들 사이에서는 그 친구가 재벌가 자제라는 둥 글로벌 투자 회사 대표 딸이라는 둥, 대충 그런 대단한 소문이 돌고 있었다. 그만큼 존재감이 남다른 친구였다. 말수가 많지도 않고 어떻게 보면 수줍음도 많은 친구였지만 해외 유명 인사들과의 인터뷰도 멋지게 해냈고 사내 행사가 있을 땐 장기자랑으로 멋진 춤을 선보이기도 했었다. 대학생 인턴답지 않게 일처리도 깔끔하고 선배들에게 붙임성도 좋아서 다들 예뻐하는 친구였다.

어느 날 동료들과 다 함께 점심을 먹고 휴게실에 늘어지게 앉아서 "일이 너무 많다, 퇴근하고 싶다, 야근 지겹다" 같은 신세한탄을 하고 있었다. 그러다가 누군가 "다시 태어나면 다들 뭐로 태어날래요?"라는 허무맹랑한 질문을 던졌고, 다들 저마다 황홀한 망상에 사로잡혀 입을 헤에 벌리고 있었다.

"저는 전지현으로 태어날래요."

"나는 안 태어날래…."

"나는 돌로 태어날래."

이런 우중충한 답변에 이어, 그 인턴 친구의 답변이 나왔다. 그런데 세상에. 그 친구의 말에 3초간 정적이 흘렀다.

"저는 저로 태어날래요."

정적이 지나가고 여기저기서 탄성이 터져 나왔다. 얼마나 자기 자신이 좋으면 다시 태어나도 나로 태어나고 싶다고 말할 수가 있느냐며, 어떻게 그런 생각을 하느냐며 신기해했다. 다시 태어나면 돌로 태어나고 싶다고 했던 나 자신이 부끄러웠다.

"…저는 제가 좋거든요. 헤헤."

수줍은 얼굴로 말하는 그 친구가 너무 예쁘고 깜찍했다. 속으로 생각했다.

나도, 나도. 나도 너처럼 나를 아껴줄래.

제 인류애 좀
지켜주세요

인류애가 파사삭 식어버릴 때가 있다. 끔찍한 뉴스로 온 세상이 난리법석일 때가 특히 그렇다. 극악무도한 범죄를 저질러 놓고 당당하게 자기합리화를 하는 자들이, 잊을 만하면 차마 입에 담기도 어려운 끔찍한 사건들이 끊임없이 벌어지는 이 세상이 환멸스럽기 그지없다.

간혹 가슴이 따뜻해지는 훈훈한 뉴스로 인류애 게이지가 어느 정도 다시 채워지더라도, 저런 범죄 뉴스 때문에 금세 그 게이지가 뚝뚝 떨어지니 이것 참 억울하다. 인류를, 이 세상을,

이 시대를 따뜻한 시선으로만 바라보고 싶은데, 그것은 정녕 유토피아에서나 가능한 일일까.

평생을 어렵게 모은 전 재산을 미래 세대를 위해 환원하는 우리의 영웅들. 타인의 생명을 지키기 위해 자신의 생명을 기꺼이 내어주는 우리의 영웅들. 누군가의 평온한 밤을 위해 편안한 잠자리를 포기하고 청춘을 희생하는 우리의 영웅들. 온 세상을 잠식해 버린 전염병을 막기 위해 밤낮 없이 사투를 벌이는 우리의 영웅들. 환멸스러운 세상을 두 어깨에 짊어진 우리 시대의 수많은 영웅들에게 감사하는 것만으로도 모자란 시간을, 인류애를 깎아 먹는 존재들에게 빼앗겨 버린 것 같아 속이 아프다.

나의 무구한 인류애가 제발 지켜지기를 바란다.

매일 아침 좁은 지하철에 몸을 싣는 사람들. 비록 밖에선 낯설고 차가운 얼굴을 했지만 누군가에겐 세상에서 가장 따뜻한 미소를 지을 그들의 모습을 떠올리며 혼자서 조용히 웃는다. 추운 겨울 시린 손으로 빗자루를 쥔 사람들. 무뚝뚝한 말투를 가졌지만 시민들을 위해 묵묵하게 자신의 할 일을 하는 사람들을 생각하며 마음을 데운다. 언제까지나 그러고 싶다. 선량한 사람들의 그 선량함이 영원토록 보호받는 세상이 오기를 바란다.

충고는
딱 거기까지

'회사에서 만난 사람이랑은 친구 하는 거 아니야.'

한 친구가 말버릇처럼 하던 말이다. 너무 곁을 내어주면 일하는 데도 지장이 생기고, 너무 친하게 다니면 다른 사람들 보기에도 안 좋다나 뭐라나. 그 친구 말고도 직장인 커뮤니티나 블로그에서도 회사 사람은 거의 인생의 적처럼 대하는 분위기길래, 사회초년생이었던 나는 그 말에 꽤나 신경 썼다. 친해지고 싶은 사람이 생겨도 사적인 얘기는 거의 하지 않았고, 술자리에서도 꼬박꼬박 존댓말을 써가며 경계를 풀지 않았다. 하루 여덟 시간 이상을 붙어 있어야 하는 사람들인 만큼 더 조심해야 한다는 강박 때문이었다.

그러다 새로 옮긴 회사에서 나와 같은 날 입사한 동갑내기 친구를 만났다. 그 친구는 처음 만나자마자 내게 "퇴근하고 같이 밥 먹어요"라며 친근한 인사를 건넸고, 우린 매일 함께 출퇴근하는 사이가 됐다. 알고 보니 어릴 때 살던 동네도 같았고, 생일도 비슷했고, 함께 아는 친구도 꽤 많이 있는 사이였다. 어느 순간부터는 그 친구가 자연스레 반말을 하길래 나도 반말을 해봤다. 심지어는 알게 된 지 며칠 안 됐을 때인데도 그 친구는 자신의 가정사까지 허심탄회하게 꺼내기도 했다. 어쩜 이렇게 경계심이 없을 수 있을까 내심 놀랍고도 무서웠다. 회사에서 만난 사람이랑은 친구 하는 거 아니랬는대…. 마음 한 구석이 찜찜했지만 그 친구는 어느새 내 인생에 밀물처럼 들어와 단짝 친구가 돼버렸다. 만난 지 얼마 안 됐는데도 거의 20년 지기 친구마냥 편하고 좋은 거라. 오죽하면 웨딩 촬영을 하러 떠난 제주도 여행에 그 친구까지 데리고 갔을까.

그 친구를 만난 뒤로는 회사에서 만난 사람들과의 경계를 조금씩 허물게 됐다. 딱딱하게만 굴었던 내가 선배의 집에 찾아가 밤새 술을 마시기도 하고, 주말엔 동료들과 선배의 고향

집으로 여행을 떠나기도 했다. 퇴사 후엔 그 친구는 물론 다른 동료들과도 더 편하게 연락하고 만나는 친구가 돼 있었다. 고민이 생길 때마다 편하게 찾을 수 있는 친구들 말이다. 같은 업계에서 일하는 사람들이다 보니 공통된 이야깃 거리도 많았다. 학교에서 만나는 친구들과 평생지기가 되기도 하는데, 회사라고 해서 뭐가 그렇게 다를까 싶기도.

직접 경험해보지도 않고 남의 말에 지레 겁을 먹고 시도조차 안 하는 건 역시 바보 같은 짓이다. 만약 그 친구가 내 앞에서 동료라는 허물을 벗지 않았더라면, 나 역시도 끝까지 경계를 놓지 않았더라면… 지금쯤 그 친구와 나는 그저 카톡 친구 목록에만 유령처럼 존재하는 전 직장 동료 사이가 돼 있었겠지.

고로, 남이 해주는 충고는 그냥 참고만 하기로.

사랑이 뭘까

사랑이 뭘까, 라는 철학적인 질문에 멋있게 척척 답할 수 있
는 사람이 얼마나 될까. 두 손을 모아 동그라미를 만들며 "이
동그라미를 제외한 모든 걸 너에게 주고 싶은 게 사랑이야"라
는 꽤나 그럴싸한 답변은 이미 TV에 너무 많이 나왔다.

사랑은 도대체 뭘까? 이따금씩 생각하는 주제이긴 하지
만 여전히 답을 찾기도, 그럴싸한 대답을 만들어내기도 참 어
렵다.

남편은 나에게 하루에도 몇 번씩 "사랑해"라고 말하는데,

그때마다 나의 흔들리는 동공을 주체할 수가 없다. 글쎄, 나도 사랑하는 것 같기는 한데 사랑을 뭐라고 정의할 수 있을까 싶어서 한참을 망설이다가 "나도"라고 말할 뿐이다. 기꺼이 당신이 내 대답을 듣고 기뻐할 수만 있다면 "사랑해"와 "나도"라는 말을 마구 남발하고 싶다.

하지만 혼란스럽다. "좋아해"라는 말은 하루에도 수백 번씩 할 수 있지만, "사랑해"라는 말은 나에게 무거운 문장이기 때문이다. 사랑이 뭔지도 모르면서 사랑한다고 말하는 건 아직 다 완성하지 못한 선물을 건네주는 거나 마찬가지 아닌가.

이 모든 걸 정확히 깨우치고 난 뒤 마침내 온 마음을 다해 "사랑해"라고 말하고 싶지만, 역시 시간은 우릴 기다려주지 않겠지. 그래서 잘 알진 못하더라도 "사랑해, 사랑해, 사랑해"라고 앵무새처럼 말해보려고 한다.

어쩌면 이런 게 사랑일지도 모르겠다. 끝내 사랑이 뭔지 명확히 정의 내릴 수 없어도, 사랑이 뭔지 알아가려는 이 고민 자체도 내 사랑으로 받아주었으면.

나의 친애하는
적에게

우울증을 앓았었다. 잠도 못 자고, 외출을 할 때면 하늘에서 벽돌이 떨어질지도 모른다는 이상한 피해망상에 시달렸었다. 여러 병원이나 상담 센터에 다녔고 많은 약을 먹고 많은 선생님들을 만났다. 그 중 한 선생님이 해준 말이 유독 기억에 남는다.

"우울을 친구라고 생각해요. 조금은 못된 친구."

우울은 마치 못된 친구와 같아서 가까이 어울리다 보면 더 놀아 달라고 더 깊이 침범해 오는 존재라고 한다. 못된 친구를 떼어내는 방법은 잘 구슬려서 서서히 멀어지는 것 밖에 없다고.

치료라는 개념보다는 심각한 불안 상태나 불면 증상을 약물로 개선하고, 근본적인 우울은 서서히 다스려 나가야 한다고 했다.

못된 친구가 같이 놀자며 유혹할 때마다 잘 타일러줘야 한다. 이 못된 친구의 유혹은 내 가슴 깊은 곳에서 조그맣게 시작되어 뱃속과 머릿속에서 걷잡을 수 없이 불어나, 마침내 입 밖으로 쏟아져 나와 내 공간 모두를 잠식했기에 초기부터 잘 잡지 못하면 안 된다.

못된 친구가 놀아달라고 얘기를 꺼낼 때마다 나는 노트를 열었다. 그리고 적었다. 내가 좋아했던 아주 사소한 순간들을.

비 오는 가을 밤, 창문을 반쯤 열어놓고 쌀쌀한 공기에 이불을 뒤집어쓰고 가만히 앉아 창밖을 구경하던 순간.

눈이 펑펑 내리던 주말 오후, 눈이 잔뜩 쌓인 동네 오르막길에서 커다란 쓰레기봉투를 썰매 삼아 미끄럼 놀이를 하다가 문득 올려다본 하늘이 분홍빛이었던 순간.

뜨거운 여름 방학, 가족들과 떠난 속초 여행에서 피부가 새빨갛게 타서 엄마가 감자를 갈아 발라주던 그 순간.

냉장고에 있던 반찬을 싹싹 긁어 계란프라이와 함께 매운 고추장에 팍팍 비벼 먹었더니 스트레스가 한 방에 풀렸던 그 순간.

그런 순간들을 적다 보면 마치 그 순간으로 돌아간 것만 같다. 그럼 가슴 깊은 곳에 있는 그 못된 친구는 조금 얌전해지는데, 그때 그 친구의 손을 잡고 그 순간 속으로 같이 떠난다. 그리고 하나하나 소개시켜 준다.

"나는 빗소리만 들어도 행복해지던 사람이었어. 그리고 나는 눈밭에서 정신없이 놀다가도 하늘을 올려다보면서 눈을 내려줘서 감사하다고 말하던 사람이었어. 또 내 피부가 따가울까 걱정하며 감자 껍질을 야무지게 까던 울 엄마의 사랑도 듬뿍 받았단다. 아 참, 그리고 나는 매운 걸 먹으면서 스트레스를 푸는 꽤 단순한 사람이기도 해. 그러니까, 그러니까 말이지. 너랑 나는 그렇게 잘 맞는 친구는 아닐지도 몰라. 그래도 널 내 마음에서 무작정 쫓아내거나 무시하지는 않을게. 불쑥 불쑥 네가 튀어나올 때마다 내 이야기를 조곤조곤 들려줄게. 알았지? 그러니 너도 긴장을 풀고 내 이야길 들어주렴. 그럼 너도 조금씩 편안해질 거니까."

비 오는 날에도,

눈 오는 날에도,

돌아보면
행복한 순간은
매일같이 있었어.
그러니까 난
앞으로도
행복할 거야.

귀신같은
친구들

고등학교 1, 2학년 내내 둘이서만 붙어 다니던 단짝 친구와 절교를 하고 외톨이 고3이 된 나에게 다섯 명의 친구들이 나타났다. 외톨이가 됐단 사실에 마음 잡고 공부하기도 어려웠는데 그 착한 친구들 덕분에 다른 고민 없이 공부와 미술에 집중할 수 있었다. 공부를 잘하는 친구들은 아니었지만 포기하지 않고 열심히 하는 친구들이어서 그런지 분위기에 휩쓸려 나 역시도 끝까지 포기하지 않았던 것 같다.

대학생 때는 가진 게 자존심뿐이라 지지리도 찐따 같았던 나를 받아준 친구들이 있다. 내가 술에 취해 욕을 해도 그러려니, 내가 심술을 부려도 그러려니 하며 방황하는 내 옆에 항상 있어줬다. 방황을 하다못해 휘청일 때는 날 좋아해 주는 남자 친구가 종종 나타나서 내 곁을 지켜줬다. 직장인이 되고서는 또 그에 맞는 새 친구들이 나타나 줬다.

지나고 보니 참 시의적절하게도 때에 알맞은 친구들이 내 앞에 나타나 줬던 것 같다. 어쩜 이리 내 상황을 딱 알고 귀신같이 나타났던 건지 신기해서 친구에게 말했더니.

"야, 친구들이 귀신같이 나타난 게 아니라, 네가 친구들을 위로 삼아서 잘 극복해 낸 거야"라는 대답이 돌아왔다. 친구의 말로는 내가 회복 탄력성이 높다는 것이었다.

하지만 난 내 삶에 여러 번 때맞춰 나타나 준 친구들 덕분에 잘 버텨냈던 거라고 믿고 싶다. 언젠간 친구들이 필요할 때, 힘을 보태주는 멋진 사람이 되고 싶기 때문이다.

"너 또 의미 부여하면서 혼자 감동받고 있지?"라고 말하는 친구의 목소리가 들리는 것만 같다.

주파수가
잘 맞는 사람

　내향적인 기질을 가진 나는 깊게 친하지 않은 사람과 시시콜콜한 농담 따먹기를 잘 못 한다. 사회생활에서는 '스몰 토크'도 경쟁력이라는데, 낯가림이 심한 나는 애초에 사회적 경쟁력 따위 포기한 지 오래다.

　거래처와 회의에 앞서 어색하게 명함을 주고받은 뒤, 날씨 이야기나 교통 상황 이야기를 하는 것조차도 나에게는 곤욕이나 다름없다.

　상대방이 "미세먼지가 오늘따라 더 심하네요"라고 말하면

"아, 그러네요" 말고는 더 이상 할 말이 없다. 그래서 죽을 것 같다. 내 옆에서 눈을 동그랗게 뜨며 "그렇죠? 어쩐지 오늘 눈이 뻑뻑하더라구요. 과장님은 괜찮으세요?"라고 말해주는 동료라도 없으면… 죽을 것 같다.

이런 내가 마치 귀신이라도 들린 것 마냥 입을 쉬지 않고 떠들 때가 있다. 그때는 전혀 긴장도 안 되고, 하고 싶은 말도, 궁금한 것도 많아진다.

한번은 거래처에서 안부 인사 겸 새 상품 소개차 회사에 온 적이 있었다. 평소 메일로만 업무를 하던 사이라 대면은 처음이었는데, 이상하게 그분과 처음 보자마자 두 시간을 내리 수다를 떨다가 저녁 약속까지 잡아버렸다. 요즘에도 가끔 그 분에게 전화가 걸려온다.

이런 경험은 한두 번이 아니었다. 내 컨디션 문제인가 싶었지만, 그것도 딱히 아니었다. 같은 날 여러 명을 만나도 일부 사람하고만 그런 친밀감이 형성되기 때문이었다.

그 이유를 곰곰이 생각해 봤다. 아무래도 나의 '사람 주파수'가 예민하기 때문인 것 같다는 결론이 나왔다. 이상하게도 처음 보자마자 경계심이 탁 풀리는 사람이 있는 반면, 몇 년을 알고 지내도 어색하고 불편한 사람이 있다. 취향이나 화법, 스타일, 환경의 문제는 결코 아니다. '주파수' 외에는 뭐라고 설명할 수 없는 요상한 느낌인 것이다.

　나와 주파수가 잘 맞는 사람을 만나면, 그 사람도 신기하게 나와 대화가 유독 잘 통하는 것 같다고 한다. 어쩌면 난 사회성이 부족한 게 아니라 주파수를 찾는 안테나가 아주 예민한 사람일지도 모른다.

연약한
그 여자애를 위해

    나는 타고난 건강 체질이라 건강 때문에 걱정을 해본 적이 없었다. 어릴 때부터 유달리 통통한 하체와 튼튼한 뼈대 덕분인지 크게 넘어져 다쳐본 적도 없고 그 흔한 독감이나 눈병, 장염에 한번 걸려본 적도 없었다. 운동장에서 픽 쓰러져 멋있는 남자애의 등짝에 업혀 양호실로 실려 가는 일 같은 건 꿈속에서조차 일어나지 않았다.

    태어나서 입원을 했던 건 딱 한 번. 다섯 살 무렵 고열을 앓았을 때뿐인데, 그조차도 정신을 잃었었기에 퇴원한 순간만 기

억 난다. 바스라질 듯 연약한 여자애가 되어보는 게 소원일 정
도로 나는 건강했다.

그런데 나의 이 튼튼한 몸이 창조된 지 스물일곱 해가 지날
무렵, 영영 바스라질 것 같지 않던 나의 강직한 몸에 균열이 일
어나기 시작했다. 이직 후 처음으로 '회사 스트레스'를 받은 때
여서 그런지 그때 내 마음은 만신창이였다. 그 무렵 우울증과
불안장애 진단을 받았고, 얼마 뒤부터는 매달 꼬박꼬박 같은
주기로 돌아오던 생리도 멈췄다. 어느 날 밤엔 고열에 정신을
잃고 응급실에도 실려 갔다. 건강검진에서는 간과 신장이 위험
할 정도로 망가져 있다는 청천벽력 같은 소견을 듣기도 했다.
그리고 정신을 차려보니 20킬로그램이나 불어 있었다. 세상에.

그 뒤로 몸의 구석구석 전부가 살려달라고 요동을 치기 시
작했다. 두통부터 치통, 하다못해 귀 통증까지. 어깨부터 손목,
심지어 손가락 마디마디까지 아팠다. 잘 먹고 잘 '싸는' 일 또
한 어려워지기 시작하고 잠을 제때 잘 수도, 제때 깨어나기도
어려웠다. 즐겼던 운동도 더 이상 하지 않았고 매일 몸이 아프
다며 잠만 잤다.

밥상엔 매일 정성스럽게 차려먹던 집밥과 싱싱한 채소 대
신 배달 음식만 올리는 바람에, 위경련과 장염은 내 절친이 됐

다. 가벼운 몸으로 매일 헬스장이며 공원이며 빨빨거리며 돌아다니던 내 모습도 다 꿈에서 본 것만 같았다. 인생 재밌게 살기는 애저녁에 포기한 사람마냥 그렇게 살았다. 나는 바스라질 듯 연약한 여자애였다.

몸이 망가지기 시작한지 벌써 3년이나 넘은 지금, 시간이 많이 흘러 이제는 우울도 불안도 스스로 어느 정도 다스릴 수 있게 됐다. 물론 언제 다시 튀어나올지 모르는 친구들이지만 그동안 나는 많이 성장했고, 덕분에 그 친구들을 잘 다독일 수 있게 됐다.

그래서 다시 건강했던 나로 돌아가기 위해 끙끙 애를 써본다. 이미 많이 망가져 있어서 예전처럼 쉽지만은 않다. 만약 균열이 막 생기기 시작할 그 무렵에 이런 마음을 먹었다면 이렇게 까지는 안 됐을 텐데, 자꾸만 뒤돌아보게도 된다. 하지만 이제 꽤 단단해진 나는 감당해 보려고 한다.

내가 너무 아팠던 그때, 약하고 여렸던 내가 차마 수습하지 못했던 것들을 어른이 된 내가 수습해 주겠다는 마음으로. 그때의 나를 어여쁘게 여기는 마음으로.

지워야
또렷해진다

밖에서 무슨 일이 있었는지는 잘 기억이 안 나지만, 여느 날과 다를 바 없던 날이었다. 이른 오후께 귀가했더니 배가 좀 고팠고, 가족들은 모두 밖에 나가 집은 텅 비어 있었다. 냉장고에서 반찬 몇 가지를 꺼내 접시에 담고 밥솥에서 식은 밥을 퍼 식탁에 앉았다. 숟가락 가득 밥알을 뜬 순간, 별안간 눈물이 와라락 쏟아져 내렸다. 사람 많은 식당에서 혼밥도 잘하는 애가 집에서 혼밥 좀 한다고 울리는 없고. 이유 없이 울어본 기억은 딱히 없는지라 사뭇 당황스러웠다. 이 감정이 대체 뭔지 정확히 알 수가 없어서 혼란스러운 채로 꿋꿋하게 눈물밥을 먹다 문득 이게 바로 외로움이란 걸 알게 됐다.

'외로워. 심심해'라는 시시콜콜한 투정은 자주 해봤지만, 실상 나는 외롭다는 감정이 정확히 뭘 의미하는 건지는 몰랐다. 물리적으로 혼자 있을 때에도 난 항상 누군가와 같이 있었기 때문이다. 가족이나 친구, 애인 없이는 나를 설명하기가 어려웠다. 나와 그 사람들 사이에는 긴 끈이 있고, 그 끈은 각자의 허리춤에 질끈 묶여 연결돼 있는 것 같았다. 몇몇 관계에서는 그 끈이 끊어지지 않도록 꽤나 번거로운 노력을 기울여야 했지만 말이다.

그런데 그날 아무런 계기도 없이 내 허리춤에 달려 있던 모든 끈들이 툭하고 끊어져 버린 것이다. 돌이켜 생각해 보면 그제서야 자아와 관계를 난생 처음 분리했던 게 아닐까 싶다. 누군가와 연결되어 있는 내가 아닌 존재 자체로의 나를 처음으로 인식했던 순간이랄까.

그날을 계기로 내 인간관계에도 큰 변화가 일어났다. 큰 의미 없이 피상적으로만 존재했던 인맥과는 자연스레 멀어졌고, 관계 유지를 위해 나의 희생이 필요했던 인맥은 단칼에 끊어냈다.

주변 관계들을 정리하고 보니, 내 존재가 더 또렷해지는 것 같았다. 뭔가를 결정할 때에도, 생각을 정리할 때에도 가장 먼저 누군가에게 달려가 답을 구했던 내가 스스로 모든 걸 결정하고 선택하기 시작했다. 그렇게 하니 내가 더 좋아지고 믿음직스러워졌다. 모든 것은 내 선택에 달렸다고 생각하니, 모든 순간이 열정으로 가득찼다.

멋진 그림을 완성하기 위해서는 거칠고 지저분한 연필 선을 여러 번 덧대어 스케치를 해야 한다. 그리고 또렷한 윤곽이 잡히면 지우개로 지저분한 연필 선들을 지워낸다. 그래야 물감을 바를 수 있다.

언젠가는 내 인생에도 화려한 물감을 바르는 순간이 올 거다. 그 순간을 위해 그리고, 그리고, 그리고, 지우자. 또렷한 윤곽을 위하여.

배 아픈
축하

기쁜 일에 진심으로 함께 기뻐해 줄 수 있는 친구가 얼마나 될까.

이직 제안을 여러 회사에서 받고 행복한 고민에 빠져 있을 때였다. 그 소식을 친한 친구들에게도 알렸고 다들 축하한다는 말과 함께 내 고민에 같이 빠져주었다. 그러던 중 한 친구가 말했다.

"축하해. 근데 나는 배가 너무 아프다."

내가 힘들어할 때면 가장 깊게 공감해 주던 친구였기에 그 말을 듣고 충격받았다. 진정한 친구라면 친구가 잘될 때에도 진심으로 축하해 주어야 하는 거라던데, 그 친구와 나 사이에 없던 벽이 생긴 느낌이었다. 배가 아프다는 건 내가 잘되는 게 싫다는 뜻이 아닌가? 그때 이후로 내 마음속에는 가시가 돋았고, 그 친구와는 자연스럽게 점점 멀어지게 됐다.

왜 그 친구는 그때 선뜻 기쁜 마음으로 축하해 주지 않았는지 오랫동안 고민했다.

위로는 쉽고 축하는 어렵다는 말이 있다. 그러고 보면 나 역시도 누군가의 기쁨을 온 마음 다해 공감할 수 있을까, 생각해 봤다.

친구가 잘생긴 남자를 만나서 결혼한다면?

친구가 능력을 인정받아 회사 여기저기서 스카우트를 받는다면?

친구가 창업한 회사가 대박이 나서 백만장자가 된다면?

내가 좋아하는 친구라면 온 마음 다해 진심으로 기쁠 것 같다. 하지만 내가 별로 좋아하지 않았던 친구라면…?

그렇다. 그 친구처럼 배가 아플 것 같다. 아. 드디어 깨달았다. 그 친구는 나를 별로 좋아하지 않았던 게 분명하다.

고민하던 문제가 단순명료해졌지만 씁쓸했다. 그 친구와

나눴던 슬픔과 분노, 각종 위로와 공감이 머릿속에 둥둥 떠다녔다.

어느 날 내게 축하할 일이 생겼을 때 배 아파한 친구가 있는가? 그것은 어쩌면 그 사람이 내게 좋은 친구인지 아닌지를 판단할 수 있는 씁쓸하지만 명쾌한 기준이 될지도 모른다.

같은 시간을
보냈지만

첫사랑, 첫 연애, 첫 이별 모두를 경험하게 해준 사람이 있었다. 처음이라는 단어의 힘 때문인지 나는 그에게 꽤 많은 영향을 받았었다. 그 사람을 만나고 헤어졌던 일말의 사건은 내 인생의 변곡점이라 해도 과언이 아니다. 헤어지고 나서도 아주 오랫동안 그 사람을 생각했다. 그렇게 몇 년이 지난 어느 날, 그 사람을 만났다.

그동안 어떻게 지냈는지, 지금은 어떤 사람이 되어 있는지, 많은 이야기들을 나눴고 그러다 보니 자연스럽게 우리가 만났던 순간과 이별의 순간도 이야깃거리가 되었다. 그 당시 나는 어떤 감정이었고, 그 일들은 나에게 어떤 영향을 끼쳤는지 밤새도록 떠들면서 이야기할 자신이 있었다. 그만큼 그와의 만남과 헤어짐은 내게 의미가 컸다는 뜻이었겠지. 그리고 당연히 그에게도 같은 의미일 거라 짐작하며 살아왔었다.

그런데 이야기를 나눌수록 이상했다. 나는 분명 그 순간을 아주 생생하고 또렷하게 기억하고 있는데, 그 사람은 영 기억이 어둡다고 말했다. 나는 그때 그 순간들을 영상 파일로 저장해 둔 것처럼 마음속에 품은 채 살고 있었는데.

"어떻게 그걸 다 기억해?"

그의 말에 내가 품은 모든 의문은 종결됐다. 누군가와 같은 시간을 보냈을지라도 서로 다른 의미를 가질 수도 있다는 걸 그제서야 깨달았다. 나에게 그는 첫사랑이라는 거대한 의미로 기억될 수 있지만, 그에게 나는 한때 만났던 여자애로 기억됐다. 아무리 그래도 그렇지. 나에겐 몇 년짜리 이별이 너에겐 며칠짜리 이별이었다니. 불공평하다는 생각에 그날 밤엔 잠을 잘 수가 없었다.

과거의 의미는 과거에 남겨두기로,
Bye Bye.

이순신 장군보다
내가 더 좋아요

초등학생 때 꼭 1년에 한 번씩은 존경하는 사람을 조사해 오라는 숙제를 받았던 것 같다. 그때마다 나는 집에 있는 위인전 중 가장 짧은 책을 골라 독후감을 썼었다. 세종대왕, 안중근 의사, 이순신 장군 등등… 한국을 빛낸 위대한 인물들. 하지만 위인전 독후감을 아무리 써도 존경하고 따르고 싶다는 말보다는 감사하다는 말밖엔 나오지 않았다. 역사 속 위인들의 행보를 존경하고 따를 정도로 배짱 있는 어린이가 아니었기 때문일까.

그 외에 TV나 신문에 나오는 어른들을 봐도 존경하고 싶은 사람이 딱히 골라지지 않았다. 그러다 문득 꼭 누군가를 따라가야만 하는가에 대한 의문이 들었다. 꼭 누군가를 따르거나 존경하지 않고, 그냥 나 스스로를 따르고 존경하면 되지 않나 싶었나.

내가 앞으로 갈 행보가 기대되고 나는 내 선택을 존중한다, 따위의 생각들. 그런 생각을 주절주절 글로 풀어 자신감 있게 방학 숙제로 제출했다. 하지만 담임 선생님의 돌아오는 평가는 숙제를 다시 해오라는 것이었고, 나는 펑펑 울며 꾸역꾸역 이순신 장군 위인전의 독후감을 썼던 기억이 난다.

지금은 말할 수 있다. 담임 선생님의 허락이 필요하지 않은 지금, 나는 당당하게 이순신 장군보다 나를 더 존경한다고 말할 수 있다!

새로운 게
좋기만 한 건 아니니까

    나와 남편은 쇼핑을 즐긴다. 주로 전자 기기나 생활 용품 쇼핑을 좋아하는데, 특히 전자 기기 매장에 들어만 가면 두세 시간을 쉬지 않고 떠들며 돌아다닌다. 신제품이 나오면 가장 먼저 써보고 빠르게 사길 원하는 덕분에 우리 집엔 대부분의 전자기기들이 종류별로 다 있다고 보면 된다. 새 물건을 사는 건 언제나 즐거운 일이다. 특히 전자기기 같은 건 한번 사면 오래쓰기 때문에 결제 시의 만족도가 꽤 오랫동안 지속된다는 장점이 있다.

하지만 최근에 우스운 일이 있었다. 깜빡하고 무선 이어폰 충전을 안 한 상태에서 외출을 했고, 문득 이런 말이 입 밖으로 튀어나왔다.

"충전 안 해도 되는 이어폰이 있으면 너무 편하겠다."

남편과 배를 잡고 깔깔거리며 웃었다. 선을 꽂기만 하면 평생토록 나오는 유선 이어폰이라는 게 이미 있으니 말이다. 충전이라는 불편함을 담보로 무선의 즐거움을 구매해놓고, 이 불편함 때문에 유선 이어폰을 쓰는 게 낫겠다는 생각을 하다니.

10년 전까지 쓰던 휴대폰 분리형 배터리도 마찬가지다. 요즘은 스마트폰에 배터리 탈부착이 가능해서 여분의 배터리를 들고 다니게 해달라는 초등학생들의 건의사항이 꽤 많다고 한다. 돌고 도는 유행으로 70년대 패션이 요즘 다시 뜨는 것처럼 기술도 다시 원상복구 되는 날이 오지는 않을까.

기술의 속도가 너무 빨라 편리함의 기준이 못 따라가는 것인지, 아님 인간의 욕심에 끝이 없어서 자꾸만 더 편리한 걸 추구하게 되는 것인지. 아이러니하다.

그러고 보니 무선의 즐거움보단 꽂으면 바로 나온다는 직관성이 더 편리한 한 것 같기도. 새롭다고 해서 다 좋은 건 아닌가보다.

꽂으면 나오는
이 편리함,
참 좋단 말이지.

싸움도
지혜롭게

　결혼 3년차, 한창 좋을 때기도 하지만 한창 많이 싸울 때기도 하다. 남편과 나는 민망할 정도로 극히 사소한 일 때문에 다투곤 하는데 유난히도 감정적인 내 성격 덕분에 별것 아닌 다툼이 전쟁 같은 싸움으로 번지기도 한다.

　예를 들어, 고등어조림을 할 때 냄비에 무를 먼저 까느냐, 고등어를 먼저 까느냐의 토론으로 시작해서 울며불며 싸웠던 일화는 어디 가서 창피해서 말도 못 한다.

　남편이 보통 어떤 현상이나 팩트에 대해 이야기하면, 난 그

걸 확대 해석하거나 감정의 토씨 하나를 헤집어내서 집요하게 파고든다. 그러다 내가 갑자기 감정이 격해져 화를 내거나 울면 남편은 당황해 하거나 토라진다. 대부분 이런 패턴이라, 결국엔 내가 서럽게 울면서 남편의 품에 안겨 "나도 내가 갑자기 왜 그런 생각을 했는지 모르겠어"라고 말하는 걸로 종결된다.

하지만 인간의 실수는 끝이 없는지라 매번 이런 패턴이 반복되곤 한다. 그래서 나만의 규칙을 정했다. 감정을 분출하는 건 도저히 참을 수가 없으니, 분출할 땐 하더라도 조금 머리를 식히고 나면 꼭 사과를 '제대로' 하기로 말이다.

"나도 내가 왜 그랬는지 모르겠어"라는 유체이탈 화법보다는 "갑자기 화를 내서 미안해"라는 직접적인 화법을 쓴다.

"미안해. 근데…"라는 변명보다는 "이러이러해서 서운했지만, 갑자기 화낸 내 잘못이 더 커"라고 깔끔하게 인정한다.

이렇게 사과를 하기 시작하니, 남편의 서운함도 금방 풀리는 것 같다. (아, 아닌가?)

30년 가까이 떨어져 살았던 두 사람이 하루아침에 가족이 되어 함께 생활하는데 어떻게 안 싸울 수가 있겠는가. 싸울 땐 불처럼 싸우고 화해는 물처럼 유연하게만 한다면 우리, 평생 지지고 볶고 어떻게든 잘 살 수 있겠지.

세상이 밉다면

왜 이 세상은 시작이 공평하지 못한 건지 억울해서 잠이 안 왔다. 왜 누군가는 +로 태어나고, 왜 누군가는 0으로 태어나고, 왜 누군가는 심지어 -로 태어나야 하는 건지, 그냥 태어났을 뿐인데 왜 +가 아닌 사람들은 이토록 심한 격차를 감내해야 건지 이해할 수 없었다. 그래서 신을 믿지 못했다. 진짜 신이 있다면 사람을 이렇게 아무 생각 없이 랜덤 추첨하듯 탄생하게 만들 리가 없잖아? 책임감 없이 이딴 세상을 만들어 놓았을 리가 없잖아?

공평하지 못한 세상이라며 불같이 욕을 하고 지구가 멸망했으면 좋겠다며 온갖 저주를 퍼붓기도 했다.

그런 내게 한 친구가 물었다.

"왜 공평해야 돼?"

악의 없이 던진 날카로운 질문에 선뜻 대답을 할 수가 없었다. 공평해야 할 이유를 아무리 생각해 봐도 떠오르지 않았다.

그 친구 말이 맞았다. 누군가와 경쟁할 필요가 없으니 공평할 이유도 없는 법. 내게 주어진 삶을 최선을 다해 살면서, 내 스스로의 기준을 세워 만족감을 느끼면 그만인데 말이다.

그러고 보니, 난 세상을 욕하고 싶었던 게 아니라 날 욕하고 싶었던 게 아닐까 싶다. 그래. 어쩌면 난 내가 싫을 뿐이었다.

누군가와 사랑에 빠지면 그 사람이 태어난 이 세상까지도 사랑하게 된다고 한다.

그 말인즉, 나 자신과 사랑에 빠지면 이 세상도 조금은 변할 수 있다는 뜻이 아닐까.

세상이 밉다면 나 자신과 사랑에 빠져보자고, 그때의 나처럼 잠 못 드는 수많은 밤들에게 말해주고 싶다.

제가
달 공포증이 있거든요

매일 밤마다 우주며, UFO며, 외계인이며 별별 희한한 영상을 다 보면서 잠에 들지만, 정작 밤하늘을 무서워하는 괴짜가 여기 있다. 나와 친한 사람들이라면 누구나 다 아는 나의 '달 공포증'은 유별나다.

보름달은 사진만 봐도 손발에 땀이 나고, 슈퍼 문이 뜬다는 뉴스가 나오는 날엔 극도의 공포감에 사로잡혀 엉엉 울어버리고 싶을 지경이다. 언제부터 달을 무서워했는지 기억이 잘 나지도 않는다. 또렷한 달이 밤하늘에 덩그러니 떠 있는 걸 보면 뭔가 내 존재가 압도당하는 기분이 들어 무릎을 꿇고 잘못했다고 빌어야 할 것만 같다.

직접 보면 너무 까매서 그 전에 내가 알던 까만색이 더 이상 까만색이 아니게 된다는 그 광활한 우주. 그 우주 속에서 달 표면에 나 홀로 착륙한다면 아마 나는 울지도 못하고 그 자리에서 실신해서 꼴까닥 죽을지도 모른다.

아마 나의 이런 달 공포증은 유독 쓸데없이 디테일한 나의 상상력에서 비롯된 것일지도 모른다. 머리가 크면서 상상력이 점점 더 풍부해지며 이런 공포증이 생겨난 게 아닐지 추측을 해본다. 괴로운 상상을 하며 셀프로 괴로워할 때면 남편은 내 손을 꼭 잡아주며 말한다.

"괜찮아. 내가 데리러 갈게."

나를 찾아 우주복을 입고 까만 하늘을 슝 날아드는 남편을 상상하면 마음이 따뜻해진다. 지구에서 달까지 무려 38만 킬로미터를 달려오겠다는 남편 덕분에 나의 달 공포증은 금세 가신다. 비록 남편의 덧붙이는 말 한마디로 로맨틱 무드가 와르르 깨져버리긴 하지만!

"근데 웬만하면 가지 마. 가기 귀찮아."

사랑과 증오는
한 끗 차이

내가 나에 대해 품은 감정 중 가장 핵심적인 감정은 '연민'이 아닐까 싶다. 나는 나를 불쌍하게 여긴다. 덕분에 지금까지 잘 살아 있다.

한때 나는 나 자신을 혐오했었다. 내가 숨 쉬는 것도 징그러웠고, 거울 속의 내가 날 바라보는 눈동자도 역겨웠다. 거울을 보다가 내 존재를 손으로 몽땅 뜯어버리고 싶어서 두 손으로 얼굴을 쥐어뜯은 적도 있었다. 아무리 소리를 지르고 울어봐도 변하는 건 하나도 없었다. 잔인하다. 살지 않는 것밖에 별

달리 방법이 없겠다는 생각이 들자 한편으론 억울했다. 그리고 내 자신이 불쌍하고 가여워서 그날은 눈물이 끝도 없이 흘렀다. 내가 왜 이렇게 살아야 하지.

증오와 사랑은 한 끗 차이. 손바닥 뒤집는 일이 아닐까 싶다. 그토록 싫어하던 나를, 이젠 내가 아등바등 지키려고 애를 쓴다. 나를 너무 사랑해서 그렇다.

지금 어딘가에도 자신을 혐오하고 존재를 부정하는 사람이 있을 것이다. 손바닥을 뒤집는 일이 너무 너무 너무 힘들지도 모른다. 손바닥이 어디에 있는지조차 보이지 않을지도 모른다.

하지만 나를 애틋하게 여기기만 한다면 손바닥은 저절로 뒤집어질 것이다. 손바닥이 뒤집히는 순간, 내 인생을 두 손으로 감싸 안아줄 수 있다. 그래서 증오와 사랑은 한 끗 차이. 손바닥을 뒤집는 일이다.

사랑만큼은
절대 미루지 말자

내가 태어났을 때, 가장 먼저 나를 품에 안고 눈을 맞춘 사람이 외할머니라고 한다. 할머니는 내가 울면 같이 울고, 내가 웃으면 같이 웃었다고 한다. 갓난아이가 젖 달라고 우는 것뿐인데 할머니는 그조차도 가슴이 미어져서 같이 울었다고 한다. 희한하게도 내가 아프면 할머니도 똑같이 아팠다고 한다. 그렇게 받은 사랑이었다. 동생들이 태어나면서 강제로 의젓한 맏언니가 되어야 했던 내가 그분 앞에서만큼은 마음 놓고 칭얼댈 수 있었던, 그런 사랑이었다.

염치도 없이 그런 할머니를 미워하기 시작한 건 스물, 스물하나 무렵이었다. 집안 형편이 어려워지면서 급하게 이사를 들어갔던 집, 그마저도 형편이 더 어려워지자 우리 가족은 외가에 들어가게 됐다. 아무리 가족이라도 20년을 넘게 떨어져 산 두 가정이 하루아침에 한 가정이 되는 건 어려운 일이었다. 우리 가족이 눈치 보지 말고 편하게 지내라며 할머니, 할아버지는 방 안에서만 지내셨다. 감사해 하면 될 것을, 그러지들 마시고 편하게 같이 지내자 말하면 될 것을, 난 그런 두 분이 싫다며 도리어 화를 냈다. 갈등은 점점 쌓였고 서로의 가슴속엔 핏덩이 같은 응어리가 가득가득 들어찼다.

몇 년이 흘러 그 집에서 나올 때, 나는 눈물을 뚝뚝 떨구면서도 끝끝내 할머니의 눈을 쳐다보지 못했다. 죄송하다고 말하면 될 것을. 잘못했다고 말하면 될 것을.

'언젠간 용서를 구해야지.'

바보같이 항상 다음을 기약하며 미루고 미뤘다. 그날 현관문 앞에서 했어야 했는데.

그렇게 얼마 지나지 않아 제대로 용서도 못 구한 채 할아버지가 먼저 세상을 떠나시고 홀로 남은 할머니도 얼마 안 가 세상을 떠나셨다. 할머니의 바짓가랑이를 붙잡고 아무리 얘길 해

봐도 할머니는 깊은 잠에서 깨어나지 않으셨다.

"가지 마, 할머니. 우리 집에서 자고 가."

우리 집에 놀러오셨다가 댁으로 돌아가려는 할머니의 바짓가랑이를 붙잡고 현관문 앞에 주저앉아 엉엉 울던 일곱 살 무렵의 내가 떠올랐다. 그때 내 앞엔 눈물을 글썽이며 신발을 벗고 다시 집 안으로 들어오는 할머니가 있었는데.

사랑은 무한하고 시간은 유한하다. 신이 세상을 이렇게 설계한 데에는 아무래도 다 이유가 있을 것 같다. 시간은 기다려주지 않으니, 그 무한한 사랑을 빨리 표현하라고. 더 많이 표현하라고. 아마 그런 이유가 아닐까.

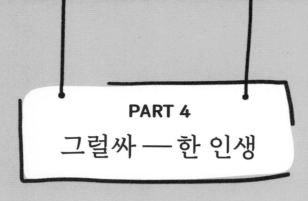

PART 4
그럴싸 ─ 한 인생

나는 오늘도 코딱지만 한
성공의 조각들을 모은다

죄송해서
죄송합니다

"죄송해서, 죄송해서, 또 죄송해서 죄송합니다."

마치 비슷한 형태로 끝없이 되풀이 되는 프랙탈 같은 이 '죄
송하다'는 말 때문에 예전 직장 동료들과 배꼽 잡고 깔깔거리
며 웃은 적이 있었다. 죄송한 짓을 해서 죄송하고, 또 죄송한
마음을 품어서 죄송하고, 이 마음이 또 죄송하여 끝이 없는 죄
송을 달고 산다는 웃픈 현실 때문이었다.

상사에게 혼이 날 때면 우리 모두는 "죄송합니다"를 입에
달고 살았기에 하루에 "죄송합니다"라는 말을 몇 번씩 했는지

서로 체크해 줄 정도였다. 나와 비슷한 연차인 동료들이 뭐만 했다 하면 '죄송봇'이 되어버리니, 보다 못한 한 선배가 따뜻한 충고를 건넸다.

"잘못한 거 없어요. 자꾸 죄송하면 진짜 죄송한 일이 돼버려. 그러니까 죄송하지 마요."

상사의 만족에 못 따라간 것일 뿐, 죄를 지은 것도 아닌데 죄송하다는 말을 하는 건 투머치라는 것이었다.

달리 할 말이 없어서 죄송하다고 말하고 빨리 이 불편한 상황을 모면하고 싶은 심리가 나를 진짜 죄지은 사람으로 만들고 있었다. 그저 조금 더 노력이 필요할 뿐, 죄송할 것은 없는데 말이다.

나는 그 뒤로 죄송하다는 말보다는 "다시 해보겠다", 혹은 "더 열심히 해보겠다"라고 바꿔서 말해보았다. 그렇게 하니 괜히 사람들 앞에서 위축되지도 않고 내가 낮아지는 기분도 안 들어서 업무 자신감이 쑥쑥 올라갔다.

죄송하다는 말은 진짜 죄를 지었을 때만 하기로, 나를 위해 죄송을 남발하지 않기로 오늘도 다짐해 본다.

코딱지만 한
성공이라도

작은 프로젝트라도 성공적으로 끝마친 기억이 있다면 차곡차곡 머리에 저장해 놓는다. 어떤 부분에서 성공적이라고 평가하는지, 성공할 수 있었던 이유는 무엇인지. 이런 성공 데이터는 나만의 자산이라고 할 수 있겠다. 거창한 성공이 아니어도 좋다. 상사에게 용기 내어 낸 의견이 받아들여졌을 때, 나의 보고서나 제안서가 유용한 자료로 쓰였을 때 같은 사소한 일들 또한 성공은 성공이니까 말이다.

이런 성공 데이터를 저장해 두는 건 새로운 일을 잘하기 위해서다. 한 번도 해보지 않은 일이 닥치면 겁이 나기 마련이지만, 그동안의 성공 데이터를 분석해서 그대로 적용해 보면 못 할 건 또 없기 때문이다.

제아무리 새로운 일이라고 해도 결국 대부분의 '사람이 하는 일'은 비슷한 주제와 방법이 관통한다고 생각한다. 그래서 만약 내가 보고서를 잘 쓰는 사람이라면 소설을 쓰는 일도 잘할 수 있다. 보고서를 쓰기 위해 내가 무엇을 전달해야 할지 간단한 메모를 적는 것처럼, 소설을 쓰기 전엔 내가 무슨 이야기를 하고 싶은지 간단한 메모를 적으면 된다. 보고서의 설득력을 위해 어떤 말의 살들을 붙이고 떼며 구성하는 것처럼, 소설의 몰입도를 위해 어떤 살들을 붙이고 뗄 건지 구성하면 된다.

이렇게 모든 일을 비슷비슷하게 처리하면 못 할 건 없다는 자신만만한 생각만으로 난생 처음 4권 분량의 소설 집필 일도 덜컥 받았었다. 그러다 보니 난생 처음 해보는 만화책도 만들었고, 또 그러다 보니 난생 처음 웹 드라마 극본 작업까지 했다.

한 번도 안 해본 일에 발을 담그는 건 언제나 신이 난다. 그래서 더 겁 없이 자신 있게 나서고 싶다. 그래서 나는 오늘도 코딱지만 한 성공 데이터를 조각조각 모은다.

파도가 지나간 자리엔

몸이든 마음이든 많이 다쳐본 사람은 안다. 그 시기를 겪을 때만큼은 자신이 스스로를 얼마나 보살피고 가엾게 여기는지를.

슬픔에 빠져 있다는 건 스스로를 어여삐 여기고 살뜰히 챙긴다는 증거라는 걸, 크게 아파보지 못한 사람은 모른다. 설령 크게 아파봤다 하더라도 자신의 내면에 깊이 들어가는 능력이 없는 사람은 정녕 그것을 모른다.

그 누구도 남의 슬픔을 함부로 측정하고 이래라 저래라 말할 수 없는 이유다.

"넌 생각이 너무 많아서 문제야."

내가 심한 우울증을 앓고 있을 때 누군가 내게 했던 말이다. 위로랍시고 던진 말 치고는 칼같이 날카로워서 그 말을 듣고 많이 아팠다. 이 모든 일이 전부 나의 탓으로 벌어진 일이라니, 그렇게 생각할 수도 있다니. 도대체 날 얼마나 만만하게 보면 저런 말이 머릿속에서 만들어질 수가 있나 싶어 심히 괘씸하고 가슴속에 불이 끓어 잠을 잘 수가 없었다.

슬퍼해야 할 때를 정확하게 알고 그 슬픔을 제대로 겪는 사람이 얼마나 다정하고 섬세한 사람인지, 깊은 내면세계에서 마침내 홀가분하게 빠져나와 맑은 눈동자로 세상을 대할 때 그 세상이 얼마나 아름다운지, 새로운 세상을 온몸으로 맞이하는 사람이 얼마나 위대한지… 겪어본 사람만이 안다.

사나운 파도가 지나간 자리엔 물기를 잔뜩 머금은 모래알들이 반짝이듯, 슬픔을 지녔던 사람들은 아름답다. 슬퍼하는 사람을 나약하다고 함부로 말할 수 없는 이유다. 그들은 슬퍼하지 않는, 그리고 슬퍼할 수 없는 사람보다 오히려 강하고, 담대하며 또한 용감하다.

내비게이션
vs
나침반

계획이라는 단어만 봐도 숨이 막힌다. 나는 무엇이든 내가 원하는 대로 해야 직성이 풀리는데, 내가 세운 계획대로 일이 풀리지 않으면 극심한 스트레스를 받기 때문이다. 계획을 세운 순간부터는 계획대로 되어야 한다는 강박에 시달린다. 계획대로 완벽하게 하고 싶은 욕심에 극도로 예민해진다.

하지만 모든 계획은 계획대로 되지 않는 법. 계획에 차질이 생기면 그때의 좌절감은 이루 말할 수가 없다. 계획대로 해내지 못했다는 자괴감. 플랜B를 세워놓지 않았다는 자책감. 대부분은 그렇게 계획을 세우고, 좌절하기를 반복했다.

그래서 오히려 계획을 세워놓지 않는 게 마음이 편하다. 좋은 일이 생기면 더 기쁘게, 나쁜 일이 생기면 침착하게 받아들일 수 있다. 게다가 계획을 세우지 않으면 이상하게 일이 더 잘 풀리는 것 같기도 하고. 그리고 매 순간 즉흥적으로 선택할 수 있는 자유는 또 얼마나 짜릿한가!

하지만 때론 이런 방식에 의심이 들 때가 있다. 남들은 1년 뒤, 5년 뒤, 심지어는 10년 뒤까지 미리 계획해 놓고 살기도 한다는데 나는 이렇게 대책 없이 살다가 혼자만 다른 길로 가버리는 거 아닐까 싶어서.

그러고 보니 우리 부부는 10년 뒤에 어디서 어떻게 살고 있을까? '산과 바다가 가까운 곳에 튼튼하고 깨끗한 집을 지어서 텃밭을 가꾸며 살아야지' 같은 대책 없는 공상은 많이 하지만 구체적인 계획을 세워본 적은 없어서 사뭇 걱정이 된다. 아무래도 계획을 세우는 게 좋을까?

이 문제는 아마도 성능 좋은 내비게이션을 따라갈 것이냐, 나침반으로 방향만 정해두고 일단 출발해 볼 것이냐, 두 가지 선택에 달린 게 아닐까 싶다.

내비게이션이냐, 나침반이냐. 아, 그것이 문제로다!

나침반 들고
어디 한번
모험을 떠나볼까?

그냥
어쩌다 보니

어릴 적 내 장래희망은 밑도 끝도 없이 디자이너였다. 아마 한 리얼리티 예능 프로그램에 나왔던 패션 디자이너를 보고 그런 장래희망을 갖게 된 것 같은데, 무에서 유를 창조해 내는 몇 안 되는 직업 중에 제일 폼 나는 게 바로 디자이너라고 생각했다. 패션 디자이너가 되려면 우선 옷에 대한 열정이 남달라야 할 텐데, 친구 따라 유행 따라 옷을 입을 뿐 딱히 나만의 패션 철학이 없던 난 '그냥 최고의 디자이너'가 되기로 했다. '그냥 최고의 디자이너'가 되기로 마음먹고부터는 돌진했다. 서울에 있는 제일 좋은 대학의 제일 좋은 디자인학과에 가는 걸 목표로 그림을 그리고 공부를 했다. 매일을 서서 대여섯 시간씩 그림을 그려야 했기에 열아홉의 나이에 허리에 찜질팩을 붙이며 끙끙 잠에 들었다. 그렇게 그림과 공부와 사투를 벌이던 나는, 제일 좋은 대학까진 아니지만 나름 괜찮다는 대학에 들어가 시각디자인학과 10학번 새내기가 되었다.

그러나 최고의 디자이너가 되겠다는 당찬 포부는 얼마 안가 와장창 깨져버리고 말았다. 내가 생각했던 무에서 유를 창조하는 디자이너는 허황된 꿈이었다. TV에 나와 아무 원단을 쭉 찢어 멋진 드레스를 만들던 유명 디자이너는 천재였고, 나는 천재가 아니었다. 무엇보다 가장 큰 문제는 타고난 감각조차도 없다는 것이었다. 좋은 작품을 봐도 왜 좋은지 이해할 수가 없었고, A+ 점수를 받은 동기들의 과제와 C+를 받은 나의 과제가 대체 어떤 점에서 다르다는 건지 납득할 수가 없었다. 흥미가 뚝 떨어져 버린 나는 더 노력해 볼 생각도 없이 단숨에 포기해 버렸다. 생각해 보면 그만큼 디자인에 대한 열정이 없었다는 거겠지.

디자이너라는 꿈을 포기하고부터는 조만간 지구 멸망이라도 올 것 마냥 놀아재꼈다. 죽을 때까지 마실 술이란 술은 아마 그 시절에 다 마신 것 같다. 원 없이 놀다 보니 어느새 4학년 졸업반이 되었고, 그 무렵 나는 인터넷 커뮤니티에 허구와 망상이 난잡한 글을 써서 올리는 인터넷 폐인이었다. 담당 교수님과 취업 진로 상담을 하던 날, 나는 교수님이 주신 도너츠를 꼭꼭 씹으며 빨리 이 연구실에서 벗어날 궁리만 하고 있었다.

"포트폴리오 만드는 데 어려운 건 없니?"

동기들은 밤새 만들고 있던 졸업 포트폴리오, 내가 만들고 있을 리가 없었다.

"어, 교수님, 저… 저는… 디자이너가 못 될 것 같아요."

교수님의 눈꺼풀이 파르르 떨리자, 나는 위기를 모면하려고 아무 말이라도 더 해야 했다.

"저는 작가가 될 거예요."

내가 말해놓고도 어이가 없어서 피식 웃어버렸다. 그렇게 상담을 마치고 도서관에 틀어박혀 책을 읽고 있는데, 또 웃음이 나왔다. 작가? 그럴싸한데? 그런데 무슨 작가?

내가 뭘 쓰고 싶어 하는지 하루 정도 고민했다. 난 사람들이 내 글 보고 웃어줬으면 좋겠는데. 그렇게 하루 만에 맹탕으로 결정한 건 방송 작가였다. 그때 한창 KBS 예능 프로그램 '1박 2일'에 빠져 있을 때라, 두말할 것 없이 예능 작가가 되기 위해 방송 작가 아카데미에 수강 상담을 받으러 갔다. 그런데 이게 웬걸, 갑자기 친구가 취업 제안을 해왔다. 자기가 이번에 들어간 회사에서 에디터를 채용하는데 지원해 보지 않겠느냐고.

"글쎄, 인턴 자리인가? 그럼 한 달에 백만 원은 주려나. 그거면 아카데미 수강료는 벌 수 있을 것 같은데."

그렇게 별 생각 없이 그 회사에 찾아가 어물쩍거리다 보니 어느새 나는 정직원으로 채용이 돼버렸다. 취업할 생각은 꿈에도 없었는데, 이게 무슨 일이람. 그렇게 어쩌다 보니 그때 당시 핫했던 스타트업에 입사해 에디터 생활을 시작했다. 이왕 이렇게 된 거, 주어진 일에 최선을 다하자 싶었던 나는 일하는 데에 푹 빠져 금세 방송 작가 아카데미에 수강 신청하는 것도 까먹은 채 글을 쓰고 있었다. 그렇게 또 몇 년, 그렇게 또 몇 년이 흘러 좋은 회사들을 옮겨 다니며 직장 경력을 쌓은 지금은 어떻게 또 인연이 닿아 작가 생활을 병행하고 있다.

어쨌든 돌고 돌아 작가 비스무리한 것이 되기는 했으나, 모두가 내가 계획하고 설계한 일들은 아니었다. 그냥 어쩌다 보니 이렇게 된 김에, 마침 또 나쁘지는 않으니 그저 매 순간 내 눈앞에 있는 일에 최선을 다하다 보니 내가 좋아하는 일을 계속 하게 되는가 보다.

종종 사람들이 나에게 묻는다. 어떻게 좋아하는 일을 하게 됐느냐고. 그때마다 그럴싸한 대답을 하고 싶어 머리를 팽팽 굴려보지만, 결국 나의 답은 이것뿐이다.

'그냥 어쩌다 보니. 아니, 이렇게 된 김에. 그리고 마침 또!'

누군가 말했다. 흐르는 물살에 몸을 맡기기 위해서는 물속에 깊이 빠져야만 한다고. 그저 매 순간 최선을 다해 살다 보면, 그 속에서 내가 가야 할 방향이 저절로 잡히는가 보다.

기억 미화

어디서 읽었는데, 사람이 가진 기억의 절반 이상은 미화된 것이라고 한다. 그러고 보면 "그때 참 좋았지"라며 학창 시절을 그리워하는 것 또한 말이 안 된다. 그때 당시엔 분명 좋지만은 않았기 때문이다.

아침 해가 뜰 때마다 코앞으로 다가오는 수능 날짜, 매일 아침 힘겹게 일어나야 했던 새벽, 또래 집단 사이에서의 기 싸움은 엄청난 스트레스였다. 지금에 와서야 기억이 미화돼서 수업 들을 때 반쯤 열린 창문 밖에서 불어오는 봄바람 냄새, 쉬는 시간 종소리와 함께 왁자지껄해지는 복도의 울림 따위가 로맨틱하게 느껴지는 것이다. 그 당시엔 수업도 창밖 풍경도 지긋지긋하기만 했고, 왁자지껄한 복도에서는 그 인파를 뚫고 식당으로 달려가야 하는 압박감밖에 안 느껴졌으면서 말이다.

여행 또한 마찬가지다. SNS에서 보던 파라다이스 같은 모습은 온 데 간 데 없고 중국인 반, 한국인 반으로 와글와글한 동남아 휴양지에서 쪄 죽는 날씨에 짜증을 팍 내며 남편과 싸웠던 기억도 잠시, 지나고 보면 그 여행은 파라다이스였다. 음식도 다 맛있고, 숙소도 다 좋았던 것처럼 느껴진다.

하지만 이런 기억 미화 때문에 사람은 과거를 추억하고 그리워하며 로맨틱하게 살아갈 수 있는 게 아닐까. 누군가가 그리워할 첫사랑의 주인공인 그 소녀는 사실 윗니 두 개가 몽땅 빠져 발음이 쉬쉬 샜을지도, 머리를 매일 못 감아 기름이 떡 졌을지도 모르지만, 그 사람의 마음속엔 너무나도 예쁘고 깜찍한 소녀로만 기억되는 것처럼 말이다. 우리 머릿속에 첫사랑의 듬성한 잇몸과 떡 진 머리가 남아 있는 건 좀… 로맨틱하지 못하니까. 기억 미화에게 감사하며 잠드는 것도 나쁘지 않은 것 같다. 우리의 일생을 로맨틱하게 만들어줘서 감사하다고.

예상 별점?
저는 사양합니다

예상 별점이 싫다. 영화나 드라마, 심지어 책에도 예상 별점을 매기는 세상이 다소 과하다는 생각이 든다.

남편과 영화 한 편을 보기 위해 영화 구독 서비스를 켰다. 영화 제목과 포스터, 배우, 심지어 짧은 줄거리까지 너무나도 내 취향인 영화가 있었는데 남편은 예상 별점이 1.5 밖에 안 된다며 다른 걸 보자고 했다. 결국 나와 남편 모두의 예상 별점이 4점 이상 되는 영화를 골랐고, 나는 영화가 시작된 지 10분도 안 되어 소파에서 잠들어버렸다. 예상 별점 4.5의 그 영화는 결코 내 취향이 아니었다.

남편이 집을 비운 사이, 예상 별점 1.5밖에 못 받아 외면당했던 그 영화를 틀었다. 그 영화는 내 마음에 쏙 들었고, 심지어 한 번 더 보고 싶을 정도로 좋았다. '이거 봐! 예상 별점 다 틀리잖아!' 괘씸해하며 별점 5점을 매겼다. 예상 별점이 낮다는 이유로 나는 그 영화를 영영 못 봤을지도 모른다. 아깝고 억울할 뻔했다.

영화뿐만이 아니라 맛집이나 여행지 또한 그렇다. 맛집으로 소개된 식당에 갔다가 그릇을 다 비우지도 못한 채 실망하고 돌아온 경험도 한둘이 아니다. 유명 여행지도 리뷰 보고 찾아온 사람들이 똑같은 코스로, 똑같은 시간대를 함께 걷느라 늘 북적북적하니, 왠지 따분하다는 생각까지 들었다.

배가 고파서 아무 데나 들어간 허름한 식당에서 최고의 요리를 즐기는 일, 급하게 예약한 여행지 게스트 하우스에서 따뜻한 사장님 부부를 알게 되는 일, 고민 없이 고른 영화가 인생 영화가 되는 일. 이런 이벤트는 예상 별점이나 리뷰에 내 선택을 맡기길 좋아하는 사람에겐 절대 일어날 수 없는 일이다. 그러니 즉흥에 몸을 맡겨보자. 어떤 일이 벌어질지 아무도 모르는 이 짜릿함, 특권을 누려보자.

그럴 수도 있지요

　예전에 다니던 회사에서 한 후배가 실수를 한 적이 있었다. 회사에 손실을 입힐 정도의 엄청난 실수도 아니고 간단히 해결할 수 있는 문제였는데, 그 후배가 펑펑 울기 시작했다. 당황한 나는 "진짜 아무 일도 아니에요. 그럴 수도 있지요"라고 했는데, 그 후배에게는 위로가 전혀 되지 않았던 모양이다. 그 후배는 쉽게 울음을 그치지 못했다.

　나중에 들어보니 실수를 한 자신을 용서할 수가 없어서 화가 났던 거라고 한다. 아니, 사람이 살다 보면 실수 좀 할 수도 있지! 우리가 로봇도 아니고 말이야.

그런데 생각해 보니, 나 역시도 내 실수에 스스로 열받아서 몇날 며칠 끙끙 앓은 적이 있었다. 누가 날 혼낼까 봐서가 아니라 이런 사소한 실수 따위를 했다는 나 자체가 참을 수 없이 부끄러웠다.

남의 실수를 너그럽게 생각하는 것처럼 나의 실수 또한 너그럽게 받아들이면 좋으련만.

"그럴 수도 있지요"라는 말을 스스로에게 많이 해주면 좋겠다. 살다 보면 이런 일도, 저런 일도 복작복작 일어나기 마련이니까. 조바심이 날 때면 눈을 감고 깊은 산 속의 스님에 빙의를 해보는 것도 괜찮은 방법인 것 같다. 왠지 스님들이 할 법한 말투로 미소 지으며 말해보자.

"허허, 그럴 수도 있지요."

그럴 수도 있지요—
몸과 마음을 청소한 것처럼
깔끔해지는
마법의 단어

사치 좀 부려볼게요

이렇게 착하고 가여운 세대가 또 있을까. 때가 되면 대학에 가고, 취직을 하고, 결혼을 하고, 아이를 낳는 것이 응당 대한 민국의 청년과 자녀의 도리라고 하시니, 그 도리를 다 해내려 고 바둥거리는 우리 세대 말이다.

정석대로 사는 게 힘들어졌다. 예전엔 노력하면 얼추 가능 했을 것들이 지금은 노력 그 이상의 무언가가 있어야만 가능 하다. 노력이 옵션이었던 그때 그 시절 사람들, 지금 세상은 노 력이 디폴트인 각박한 세상이라는 걸 정녕 모르는 것일까.

그 어려운 입시를 견뎌내고 대학에 들어가면, 입시는 연습 게임에 불과해진다. 취업부터가 본격 실전 게임이다. 취업은 하늘의 별따기가 됐다. 아니, 정확히 말하면 좋은 회사에 취업하는 것이 하늘의 별따기가 됐다. 연봉이 높고 복지가 좋은 회사를 가야만 그나마 결혼이나 출산, 내 집 마련에 한 발짝이라도 가까워질 수 있으니 말이다.

여차저차 취업에 성공하면, 실전 게임인 줄 알았던 취업도 연습 게임에 불과해진다. 연습 게임만 주구장창 하다가 너덜너덜해질 무렵… 꿈을 가지라는 허무맹랑한 이야기를 듣게 된다. 꿈을 좇으라고? 남들처럼 살지 말라고? 인생은 한 번뿐이라고?

남들처럼 평범하게 사는 게 꿈이 되어버린 세상에서 도대체 우린 더 무슨 꿈을 가져야 하는 걸까. 누가 알려줬으면 좋겠다. 수학의 정석 말고, '인생의 정석'이라는 교재라도 있었으면 좋겠다.

목표 달성을 강요받으면서 살아온 영혼들은 성적을 얼마나 올려 어느 대학에 갈 건지, 무슨 전공을 선택하고 어느 회사에 갈 건지, 살은 얼마나 빼고 돈은 언제까지 얼마나 모을 건지, 결혼은 또 언제 할 건지, 집은 언제 사고 아이는 언제 낳을 건지, 목표를 설정하고 때맞춰 달성해야 했다.

이 정도면 꿈은… 사치 아닌가.

예전에 어떤 모임에서 꿈에 대한 이야기가 나왔다. 꿈이 뭐냐는 누군가의 질문에 어딘가에서 헛웃음이 삐져나왔다.

"꿈이 뭐냐는 질문 진짜 오랜만에 듣는다."

듣고 보니 그렇네. 청춘 드라마에서나 나올 법한 질문 아니냐며 모두가 깔깔거리고 웃다가 이내 진지해졌는데, 다들 한참을 생각하다가 누군가 운을 뗐다.

"꿈을 가질 수 있는 게 내 꿈이야."

지금 당장 해결해야 할 일들이 산더미 같은데 한적하게 꿈이나 설계하고 있을 리가 있겠냐며 몇몇이 고개를 끄덕였다. 여기저기서 한숨이 푹푹 쏟아지며 소주잔이 픽픽 부딪혔다.

포장마차 안에서 어깨를 움츠리고 서로의 무릎을 모아 둘러앉은 우리의 모습이 가엾고 귀여워서 웃음이 나왔다. 씁쓸한 입맛을 다시며 잔을 타악-! 멋지게 내려놓곤 결연한 목소리로 말했다.

"가진 거 뭣도 없는데, 꿈이라도 가져보면 안 되겠냐."

그래, 동지들이여! 우리가 명품 매장에서 사치를 부리겠다는 것도 아니고! 꿈 하나 정도는 가져볼 수 있잖아?

됐고,
치얼스

친구들과 수다를 떨다가 모두가 박수를 치며 공감하는 이야기가 나왔다. 바로 '구김살 없는 사람은 왠지 모르게 거리감이 든다'는 것이었다.

성격도 티 없이 맑고, 어디 모난 구석도 없고, 모두에게 상냥하고, 여우같은 구석 하나 없는, 완벽에 가까운 존재들을 우린 살아가면서 흔치 않게 마주친다. 동경심이 들긴 하지만 뭐랄까, 범접할 수 없는 다른 차원의 세상에서 온 사람 같아 애정을 주기가 어렵다고 할까, 외계 행성 인종이라 함부로 다가가면 안 될 것 같다고 할까. 그런 무지막지한 거리감이 느껴진다는 게 나와 친구들의 일치하는 의견이었다. 우리가 너무 때가 타고 까슬까슬해서일까, 아님 그런 사람이 너무 유리알같이 매끈해서일까. 그 까닭을 추측하는 여러 가지 의견이 나왔다.

첫 번째, 상대적 박탈감이다. 때 한번 묻은 적 없이 온실 속 화초처럼 자란 사람 앞에 꾀죄죄한 모습으로 서 있는 나 자신이 초라하게 느껴져서 가까이 다가가기 싫다.

두 번째, 죄송스러움이다. 괜히 가까이 다가가서 염전 같은 인생에 푹 절여진 쿰쿰한 냄새를 풍기면 그 사람에게 혹시나 해가 될까 봐서 다가가기 어렵다.

세 번째, 황송함이다. 이렇게 잔뜩 구겨져 있는 우리라 할지라도 따뜻한 시선으로 품어주는 게 고맙고도 송구스러워서 몸둘 바를 몰라 가까이 다가다기 부담스럽다.

첫 번째, 두 번째, 세 번째 의견 모두를 종합하고 보니 어찌됐든 자괴감이 드는 이유뿐이라 너도 나도 소주를 콰르르 입에 부어버렸다.

"…부럽다. 썅."

때 묻은 뱃속이 알코올로 씻어지기를 바라면서 말이다. 됐고, 치얼스.

265

술의 힘

술의 힘을 빌리는 건 참 간편한 일이다. 친구들과의 뜨거운 우정을 더 돈독히 만들기도 하고, 이제 막 불씨가 피어오르려는 사랑에 기름을 붓듯 술을 부어 활활 타오르게 만들기도 했다. 술에 취했다는 이유를 핑계 삼아 보고 싶은 사람의 얼굴을 보러 가기도 했고, 술에 취했다는 이유를 면죄부 삼아 잘못한 행동을 용서받은 적도 있었다.

맨정신으로는 못 할 일을 술 취해서 한다고 해서 그게 진짜 내가 한 일인가. 술이 다 했지.

술에 많은 빚을 졌다. 그리고 그 빚을 갚는 방법은, 잊는 것이었다.

술의 힘을 빌려 결정한 내 인생의 중차대한 선택은 게으르고 비겁한 나에게 부메랑이 되어 돌아와 내 목을 쳤고, 술의 힘을 빌린 고백은 다음날이면 힘이 없어져 저절로 없던 일이 됐다. 술김에 한 결정과 고백은 딱 술김. 거기까지였다. 취기 어린 치기는 흑역사에 불과하다. 그야말로 내가 가장 강해질 수 있는 가장 초라한 방법이랄까.

다시는 술의 힘을 빌리지 않겠다고 다짐해 본다.

하고 싶은 일과
잘하는 일

2015년 방영된 드라마 〈응답하라 1988〉에는 주인공 덕선이
가 '친구들은 다 각자 하고 싶은 일이 있는데 나만 뭘 하고 싶
은지 모른다'며 자책하면서 일기를 쓰는 장면이 나온다. 그 장
면은 여러 시청자들의 공감을 샀고, 내 주변에서도 이따금씩
그 장면 이야기가 나왔다.

내가 하고 싶은 게 뭔지조차 모르겠다며 진로를 정하지 못
하는 사람을 주변에서 아주 많이 봤다. 고등학교 때 특히 많았
고, 대학교에서도 심심찮게 그런 동기들이 있었다. 회사원이

되어서도 여전히 진로 고민을 계속 하는 사람들도 있다. 투잡이나 사이드 프로젝트 같은 것들이 유행하는 걸 보면, 직장인들의 진로 찾기는 이제 당연한 일이 돼버린 것 같다.

진로 찾기를 어려워하는 사람이 있는 반면, 나는 어릴 때부터 하고 싶은 게 명확했다. 뭔가를 만들어내는 사람. 뚝딱뚝딱 손으로 하는 거라면 더 좋았다. 고등학생 땐 그래서 디자이너가 되고 싶었고, 대학생 때부터는 작가가 되고 싶었다. 그래서 종종 친구들에게 부럽다는 이야기를 들었다.

지금도 나는 내가 하고 싶은 일을 하면서 돈을 벌기 때문에 친구들의 부러움을 사기도 한다. 하고 싶은 걸 어떻게 찾아야 하느냐고, 넌 어떻게 찾았느냐고 고민 상담을 청하는 친구들도 많다. 그런 친구들에게는 일단 이것저것 다 해보라고 조언을 하지만, 사실 그게 막막하다는 걸 나도 잘 안다. 해보지 않았던 일에 발을 담그는 건 엄청난 용기가 필요하기 때문이다. 또한 좋아하는 일을 한다고 해서 다 잘하는 것도 아니지 않은가. 만약 그랬다면 난 지금쯤 유명한 작가가 되어 있었겠지.

아무튼 고민 상담을 청하는 친구에게는 잘하는 일을 같이 찾아보자고 말한다. 어찌 됐든 좋아하는 일과 잘하는 일이 합쳐지면 그보다 좋은 결과는 없으니까. 종종 좋아하는 걸 잘해

보려고 노력하면 정말 잘하게 될 수도 있고, 또 잘하는 일이 결국 좋아질 수도 있으니 너무 걱정하지 말라고 말해 준다.

자신이 잘하는 일이 뭔지 찾아내고, 그걸 좋아하기 위해 다방면으로 연구하고 노력하다 보면 언젠간 좋아하는 일을 잘하게 되는 순간이 올지도 모른다. 그러니 진로 고민으로 자책하고 있을 이 땅의 수많은 덕선이들에게 말하고 싶다. 아직 망치지 않았다고. 잘못하지 않았다고. 그러니 조바심 내지 말라고.

저마다의
고비가 있다

인생에서 가장 힘들었던 순간이 언제였냐고 물었을 때, 잠깐 고민하다가 너무나도 괴로운 표정으로 이렇게 말하는 사람이 있었다.

"하아… 수능. 난 그때가 내 인생 최대의 고비였어."

인생의 고비가 고작 수능이었다는 게 부럽기도 하면서 동시에 우스워 보여서 나도 모르게 피식 웃어버렸다. 그러자 그 사람은 당황한 기색을 감추지 못하며 얼굴이 벌게졌다. 그 사람의 얼굴을 보고 정신이 번쩍 든 나는 그 사람보다 더 얼굴이 벌게져서 연신 사과를 거듭했다. 내가 뭔데 타인의 고통이 얼마나 크고 작은지를 판단하려고 했을까. 심히 부끄러운 순간이었다. 그 사람은 손사래를 치면서 수줍어하는 얼굴로 말했다.

"나 사실 공부 진짜 열심히 했었거든. 토할 때까지."

그 사람은 인생의 전부를 걸고 수능을 준비했기 때문에 수능이 인생의 고비였을 것이다. 내 인생의 고비도 그래봤자 누구나 흔히 겪을 법한 가정사 정도인데, 나에게는 내 인생의 전부를 걸고 도전했던 고비가 있었나 싶어 또 한 번 부끄러워졌다.

그날은 잠들 때까지, 타인과 어울려 지낸다는 건 어느 정도 내 삶의 기준을 내려놓는 것이 아닐까 생각했다. 내 짧은 생각과 기준에 따라 누군가의 노력과 고통을 맘대로 판단하는 것만큼 폭력적인 일은 없을 것이다.

사람은 누구나 저마다의 능선을 따라 걷는다. 각자가 어떤 능선을 타는지는 끝나봐야 알겠지만, 어쨌든 사람이라면 누구나 저마다의 고비를 맞닥뜨리고, 그것을 넘겨야만 한다. 내 고비가 타인의 고비보다 높을지언정, 혹은 낮을지언정, 그게 다 무슨 소용인가. 다들 저마다의 고비를 넘기느라 힘겨운 싸움을 하고 있을 텐데.

마감 괴물은
되지 않게

라면을 끓이려고 냄비에 물을 받아 가스레인지에 올렸다. 그리고 한참 딴짓을 하느라 물이 끓는 줄도 모르고 있다가 뚜껑이 찰박이는 소리에 호다닥 달려갔다.

끓어 넘치려면 소리라도 내지. 조용히 있다가 어쩜 그렇게 쥐도 새도 모르게 끓어 넘치나 싶어 괘씸하다가, 문득 끓어 넘치는 냄비가 꼭 나 같다는 생각이 들었다.

마감 날짜에 쫓기듯 사느라 지친 줄도 모르고 살다가 어느 날 불쑥 힘에 부쳐서 노트북을 덮고 펑펑 운 적이 있었다. 그저 글을 쓰는 게 좋아서 닥치는 대로 받았던 일들인데, 어느새 좋아서 하는 일이 아닌, 끝내야 해서 하는 일이 돼버렸다는 게 몹시도 속상했다. 힘든 줄도 모르고 마감 괴물처럼 살다가 뚜껑이 열려버린 거였다.

내 가슴에 품은 열정, 성공하고 싶은 욕망, 일을 잘하고 싶은 욕심.

다 좋다. 너무 좋다. 열정을 끓여서 성공의 연료로 쓸 수만 있다면 죽을 때까지 펄펄 끓이고 싶다. 하지만 끓어 넘치지는 않아야 한다. 끓어 넘치면 불은 꺼지기 마련이니까.

끓어 터져 뚜껑이 찰박거리진 않는지, 정신 똑바로 차리고 나를 살펴야 하는 이유다.

따뜻한 시선을
따뜻한 시선으로
포개어

국민 MC 유느님이 진행하는 〈유퀴즈 온 더 블록〉이라는 TV 예능 프로그램을 좋아한다. 첫 회부터 챙겨봤는데, 화려하고 대단한 연예인들이 아닌 일상 속 '지나가는 행인 1, 2, 3'이나 다름없는 일반인들의 이야기에도 친절히 귀 기울이고 따뜻한 마음으로 골목 곳곳을 훑어주는 그 시선이 마음에 쏙 들었다.

그리 대단하진 않아 보일지라도 사실은 우리 모두가 누군가의 영웅, 또는 누군가의 뮤즈, 혹은 누군가의 목숨과 같은 사람들이라는 걸 〈유퀴즈〉는 계속해서 말해주는 것만 같다. 덕분에 나는 매주 수요일마다 나의 존재를 다시 찾게 된다.

최근에 〈유퀴즈〉에 자신을 '청소부 시인'이라고 지칭하는 금동건 시인이 나왔다. 매일 더럽고 냄새 나는 쓰레기통을 비우면서도 짬짬이 로맨틱한 시를 써내는 그분을 보며 가슴이 두근거렸다. 누군가는 눈물 나도록 하기 싫은 그 궂은일을 하면서도 그분은 그곳에서 삶의 의미를 찾고 시상을 찾고 사랑을 찾는다. 오물 찌꺼기를 보며 알록달록한 시상을 떠올릴 수 있다니, 돈 주고도 살 수 없는 귀중한 삶 아닌가. 세상을 바라보는 눈이 맑아서인지, 시인의 눈도 그 세상처럼 맑았다.

그 시인의 세상을 또, 더 따뜻한 시선으로 바라보며 안아주는 〈유퀴즈〉가 좋아서 또 좋았다.

나도 이 세상을 더 따뜻하고 애정 어린 시선으로 바라보고 싶다. 그 시인의 눈처럼 맑은 눈을 가지고 싶다.

쬐끔은
어른

　서른이 되면 자연스레 어른이 될 줄 알았다. 중고등학생 때 그런 공상을 많이 했다. 내가 서른 살이 되면 내 몸 하나 누일 편안한 집 한 채 정도는 가지고 있고, 적당히 비싼 외제차 정도는 멋지게 몰고 다니며, 회사에서는 스틸레토힐을 신은 채 외국어로 프레젠테이션을 하는 능력자가 돼 있을 줄 알았다.

　그런데 이게 머선 일이고! 이런 건 계획에 없었다. 전세 대란에 흔들리는 동공으로 은행을 기웃대고, 콩나물 자루처럼 빽빽한 지하철에서 졸린 눈을 끔뻑대고, 회사에서는 삼선 쓰레빠를 신은 채 거북목 자세로 키보드를 두드리는 서른 살의 나는 꿈꿔본 적이 없단 말이다!

제대로 맞이할 겨를도 없이 도래해 버린 나의 삼십대는 여전히 친구들과 시답잖은 농담을 주고받으며 낄낄거리고, 누군가에게 상처받으면 아무 말도 못하고 집으로 돌아와 눈물 콧물 질질 짜며 지질한 복수를 계획하고, 이기지도 못할 술을 마셔놓곤 내가 다시 술을 먹으면 사람도 아니라는 허튼 소리 따위나 하고 다니는 철부지 찐따일 뿐이다.

영원히 스물하나, 스물둘일 것만 같았던 10년 전의 위풍당당 때문일까. 난 아직도 이십대 초반에 멈춰 있는 것만 같다.

그래도 친구의 존재를 당연하게 여기지 않고 감사를 표현할 줄도 알고, 상처받고 울다가도 회사에서 걸려온 전화에는 방실방실 웃으며 답할 줄 알고, 숙취가 덜한 꽤 비싼 술을 내 돈 주고 사 먹을 줄도 알게 됐으니… 그래도 이 정도면, 아주 쬐끔은 서서히 어른이 되어가고 있는 건가.

"언니, 저는 대체 언제쯤 언니 같은 어른이 될까요?"라고 마흔 살이 넘은 언니에게 물었던 어느 날, 돌아온 그 언니의 대답에 정신이 아득해졌지만 말이다.

"야, 나는 내가 아직도 스물두 살 같아."

매일 밤
꿈을 키우면

나는 간절히 원하는 게 생기면 아주 구체적으로 상상하곤 한다.

내가 그것을 이루는 날, 어떤 날씨일지, 그때의 나는 어떤 표정을 지으며 무슨 말을 할지, 숨은 어떻게 고를지, 가장 먼저 누구에게 전화를 걸지 등등…. 이런 것들을 상상하면서 잠드는 걸 좋아하는데, 그렇게 상상하다 보면 실제로 그 순간에 가 있는 기분이 들어 심장이 콩닥콩닥 뛰고 손도 떨려서 새벽까지 잠을 못 이룰 때가 많다.

희한하게도 그렇게 구체적으로 상상하다 보면 거짓말처럼 그 순간이 진짜로 나에게 찾아오곤 했다. 회사 합격 발표라던가, 짝사랑하던 남자의 고백이라던가, 작가가 된 일이라던가. 물론 아직 이뤄지지 않은 것들이 더 많긴 하지만, 이뤄진 것들의 대부분은 내가 간절하게 상상하던 것과 비슷한 모습으로 내게 찾아왔다.

구체적으로 상상하다 보면, 미래의 나에게 한 번 다녀온 것 같은 기분이 든다. 원하는 걸 이룬 미래의 나를 확인했으니, 이제 나의 성공은 보장되는 거나 다름이 없다. (착각이 이토록이나 무섭다.) 그래서 더 자신감 있게 살게 된다. 지금 비록 잘 안 풀리더라도 언젠간 잘 풀릴 거라는 걸 잘 안다. (세뇌가 이토록이나 무섭다.)

지금도 내겐 간절히 원하는 것들이 아주 많다. 그래서 잠들기 전 침대에 누워 남편의 손을 꼭 붙잡고 '그 순간'을 상상하며 한참을 종알거리다가 눈을 감는다.

"대니, 강원도에 그 바닷가 있지? 아, 바닷가가 좋긴 한데 밤바다는 좀 무서우니까 집에서 바다가 한눈에 보이진 않았으면 좋겠다. 차로 5분 거리에 바다가 있는 것도 괜찮을 거 같아. 그런 위치에 작은 집을 짓는 거야. 오래된 집을 사들여서 개조

하는 것도 괜찮아. 공사가 완료되는 날엔 왠지 그 앞에서 우리 둘이 눈물투성이가 될 거 같아. 낮엔 집 앞에 있는 쬐까난 텃밭에서 오이며 상추며 토마토 이런 것들을 키워. 나는 글을 쓰고 말이야. 아니, 농사는 내가 못 짓지. 농사는 대니가 지어야지. 스테비아 토마토를 키울 수 있으면 좋긴 하겠다. 하여튼 잘 익은 것들을 따서 수돗가에서 깨끗이 씻어가지고 마루에 앉아서 우리 둘이 오독오독 까먹는 거야. 생 당근은 죽어도 먹기 싫다면서 흰 머리 할아버지가 돼서도 투정을 부리겠지? 하여튼 아침도 든든하게 먹었겠다, 햇살도 따뜻하고 동네도 조용하겠다, 잠이 슬슬 오는 거야. 그럼 우린 햇볕을 쐬면서 마루 위에서 잠들어……."

오늘 밤은, 출근을 하려고 집을 나섰더니 흰색 롤스로이스 뒷좌석에서 흰 머리의 우아한 할머니가 내리면서 선글라스를 살짝 내리곤, 나를 쳐다보며 "여기 있었구나. 나의 상속녀"라고 말하는 순간을 상상하다가 잠들어야겠다.

채찍 말고
당근도 좀 주세요

일을 하거나 글을 쓰다 보면 내가 최고에 못 미치는 것 같아서 종종 자괴감에 빠지곤 한다. 왜 이것밖에 못 하느냐며, 왜 이렇게 실력이 형편없는 거냐며 잔뜩 날을 세워서 나에게 마구 상처를 주기도 한다. 물론 이런 엄격함은 나를 더 성장하게 할 수도 있지만, 대부분의 경우엔 자신감이 뚝뚝 떨어지다 못해 땅을 뚫고 맨틀까지 내려갈 기세였다. 내 스스로가 무능하다고 느껴지고 하찮은 존재가 되는 것만 같다.

이런 내게 고맙게도 "넌 충분히 잘하고 있어. 너무 걱정하지 마"라고 말해주는 사람들이 많지만, 잠시 위로만 될뿐 근본적인 문제를 해결할 수는 없다. 욕심이 너무 많아 나 자신에 대한 기준이 너무 높기 때문이다.

스스로에게 채찍질을 해대는 나에게 한 친구가 말했다.

"너, 그것도 자학의 일종이야. 너를 너무 몰아세우지는 마. 넌 네가 불쌍하지도 않냐."

친구의 말이 꽤나 그럴싸했다. 그러고 보니 내 스스로에게 채찍질이 아닌 당근을 준 경험이 몇 번이나 있던가.

내가 나에게 잣대를 대는 것만큼 타인에게 잣대를 댔다면 아마 나는 폭력적이고 인정머리 없다고 욕을 먹었을지도 모른다. 타인의 마음을 배려해 조심스럽게 행동하는 것처럼 나에게도 조금은 조심스러워질 필요가 있겠다는 생각이 들었다.

와킨 피닉스 주연의 영화 〈돈워리〉에는 이런 대사가 나온다.

"자책은 깃털로 하세요."

그래, 자책과 자괴감이 들어도 자책은 망치나 도끼가 아닌, 깃털로 하자. 그리고 멀리, 높게 생각하자. 그러려면 스스로 더 성장하고 현명해져야 한다. 당근과 채찍을 골고루 줘야만 글이든 뭐든 오래오래 해먹을 수 있으니까.

우는 건
도움이 된다

어릴 때부터 울면 안 된다고 배웠다.

'뚝! 울면 못 써! 맏언니가 울면 쓰나?'

'뭘 잘했다고 울어?'

'울지 말고 똑바로 말해.'

심지어 산타 할아버지마저도 울면 선물을 안 준다는 잔인한 엄포까지 하고 말이다.

그렇게 배우고 자라서인지, 울음을 참지 못하면 내 감정을 잘 추스르지 못하는 나약한 사람이 되는 것만 같다. 사람들 앞에서 울면 창피해하기도 한다. TV에서 연예인들이 진지한 이야기를 하다가 눈물이 터지면, '죄송해요'라고 말하는 것도 종종 볼 수 있다.

왜 눈물은 죄가 되어야 하는 걸까? 기분 좋아 웃는 건 되고, 기분 나빠 우는 건 안 되는 게 아무리 생각해도 이상하다.

예전에 한 싱어송라이터의 콘서트에 간 적이 있었다. 슬픔을 위로하는 것으로 유명하고, 그래서 마니아 팬들이 많기로 소문난 가수였다. 그 가수의 노랫말엔 슬픔을 애써 견뎌내라는 메시지가 없었다. 다 잊고 행복해지라는 뜬구름 잡는 메시지도 없었다. 그저 왜 지금 슬퍼하고 있는지 이야기를 들려달라는 메시지만 있을 뿐이었다.

두 시간 남짓한 공연장에서는 모든 관객들이 눈물을 줄줄 흘리고 있었다. 그리고 공연이 끝날 무렵, 그 가수는 촉촉해진 눈빛으로 활짝 웃으며 말했다.

"펑펑 울고 개운해진 얼굴로 배시시 웃는 사람의 얼굴이 얼마나 예쁜지, 아시나요?"

눈물은 반드시 효과가 있다. 엉엉 울고 나면, 분명히 개운해진다. 가슴 한가운데 맺혀있던 응어리가 눈처럼 싹 녹아내릴 때도 있다. 울다 보면 내가 왜 우는지조차 잊을 정도로 멀쩡해질 때도 있다. 마치 물청소를 한 것마냥 눈물은 내 마음을 한바탕 씻겨준다. 두 뺨에 묻은 눈물 자국을 닦으며 배시시 웃으면 내 마음의 물청소, 끝이다.

우는 건 확실하게 도움이 된다. 그러니 울자. 마음껏 울자.

인생은
코미디

인생은 멀리서 보면 희극, 가까이서 보면 비극이라는 말이 있다. 그런데 가끔은 그 반대도 있다. 심각해 보이는 일도 사실은 찬찬히 뜯어보면 헛웃음이 나올 만큼 별일 아닐 때도 있고, 힘든 일이 벌어진 와중에도 그 속에서 웃음꽃은 핀다.

아빠의 사업이 어려워지면서 큰 집에서 작은 집으로 급히 이사를 간 적이 있었다. 원래 살던 집의 반의반도 안 될 만큼 작은 집이어서 어린 마음에 꽤나 충격을 받았었다.

엄마가 기억하고 있을지 모르겠다. 이사 들어간 첫날, 온 가족이 둘러앉아 어색하게 저녁밥을 먹고 있는데 엄마가 새초롬하게 말했다.

"넓은 집은 청소하기 귀찮았어."

그 얘기를 듣고 가족들은 너도나도 작은 집에 대한 장점을 늘어놓기 시작했다. 듣다 보니 말도 안 되는 것들이어서 까르르거리며 한바탕 웃었던 기억이 난다.

남들이 보면 비극처럼 보였을 그날의 일이, 내 기억 속에는 코미디로 남아 있다. 옆집 할머니의 기침 소리가 바로 내 옆에서 들리는 것 같았던 낡은 건물, 여동생 둘과 조르르 어깨를 붙이고 잠들어야 했던 좁은 방, 동생과 장난을 치다 깨부숴 먹은 현관문이 달려 있던 허름한 집. 그곳에서 우리 다섯 가족은 거의 매일을 깔깔깔 웃으면서 살았다. 그때의 행복했던 기억은 지금 내가 힘들 때 붙잡고 사는 기억이 되었다.

인생 별것 있나. 그저 한 편의 블랙 코미디 아닐까.

숨 크게 들이쉬고

행복 듬뿍 차 한 잔에

다정한 시선으로 주위를 살피고 나면

이거 정말
그럴싸한 인생입니다.

그럴싸한 오늘

2021년 3월 22일 초판 1쇄 발행

지 은 이 | 안또이
펴 낸 이 | 서장혁
책임편집 | 이다은
편   집 | 장진영
디 자 인 | urbook
마 케 팅 | 한승훈, 최은성

펴 낸 곳 | 봄름
주   소 | 서울시 마포구 양화로161 케이스퀘어 725호
T E L | 1544-5383
홈페이지 | www.bomlm.com
E - m a i l | edit@tomato4u.com
등   록 | 2012.1.11.
I S B N | 979-11-90278-55-3 (03810)

봄름은 토마토출판그룹의 브랜드입니다.